당신의 북유럽 여행에 도움이 될 거라는 생각으로 이 책을 집었다면 고이 놓아주시길 부탁드립니다. 이 책은 북유럽 덴마크를 여행하는 길에 떠올랐던 행복과 행운에 대한 생각이지 여행자용 에세이나 여행안내서가 아닙니다.

그렇지만 살며 살아가며 살아내며 생각거리를 찾으시는 분들, 그리고 그런 분 중에 북유럽 여행이나 세상을 꿈꾸는 분들께는 넌지시 쿡 찔러 거는 말들입니다.

코펜하겐에서 일주일 후...

우리가 행복국가를 말하며 북유럽 모델을 이야기할 때 유명한 북유럽의 학자는 한국에 와서 이런 말을 했다.

"한국은 우리와 전통과 문화가 달라 북유럽 같은 국가가 되는 건 어려울 것 같은데요."

그 학자의 말 한마디에 그 뒤 한국의 행복모델, 복지모델로서의 북유럽은 쏙 들어갔다. 나는 여기서 내키지 않는 게 두 가지 있다.

하나는 북유럽 모델을 한국이 벤치마킹할 때 북유럽의 좋은 정책만 가져다 이야기하는 것이다. 그 나라의 역사적 맥락을 무시하기 때문이다.

다른 하나는 반대로 북유럽과 우리는 완전히 다르기 때문에 북유럽 같은 복지가 한국에서는 불가능하다고 말하는 것이다.

북유럽의 문화적 맥락 위에서 이 모델을 한국에 어떻게 적용할지 고민한다면 우리가 더 훌륭한 행복모델을 만들 수도 있기 때문에 위의 두 시각은 모두 틀렸다는 게 내 생각이다.

민주국가가 된 지도, OECD 가입국이 된 지도 한참 지났다. 우리나라도 지속가능한 행복모델을 만들 때가 된 것이다. 우리가 열심히 하다 보면 늘 우중충한 날씨에 별로 기분 좋을 일 없을 것 같은 북유럽보다 좋은 햇볕과 사계절로 날마다 즐겁게 살 수 있는 우리가 더 행복하지 못할 이유는 없다.

코펜하겐에서 일주일을

ⓒ유승호 2013

초판 1쇄 발행 2013년 3월 1일
초판 4쇄 발행 2020년 2월 12일

글 사진 유승호

펴낸곳 도서출판 가쎄 [제 302-2005-00062호]

주소 서울 용산구 이촌동 302-61
전화 070. 7553. 1783
팩스 02. 749. 6911
인쇄 정민문화사

ISBN 978-89-93489-30-9

값 12000원

이 책의 판권은 지은이와 도서출판 가쎄에 있습니다.
이 책 내용의 전부 또는 일부를 재사용하려면 반드시 양측의 서면동의를 받아야 합니다.
www.gasse.co.kr

"This work was supported by the National Research Foundation of Korea Grant funded by the Korean Government (NRF-2011-330-B00107)"

코펜하겐에서 일주일을

gasse • 가쎄

코펜하겐에서 일주일을

1 day
2 day
3 day
4 day
5 day
6 day
7 day

자각몽, 문득 덴마크

　오프라 윈프리가 덴마크에서 휴가를 보내기로 결정한 건 UN이 삶의 질 국가 순위를 발표하고 난 직후였다. 그녀는 자신을 세계 최고의 유명인으로 만들어준, 아메리칸 드림을 이루어준 미국이란 나라를 등지고 코펜하겐으로 날아갔다. 그곳에서 휴가를 마친 후 미국으로 돌아오는 길에 덴마크 공항에서 언론과의 예기치 않은 인터뷰를 하게 되었는데, 여기서 그녀는 덴마크야말로 자기가 가장 좋아하는 나라라고 말한다. 다음날 오프라 윈프리의 인터뷰 내용이 유튜브에 전격 공개되었다. 내용은 대충 이렇다. "덴마크인들은 사회안전망이 발달되어 아파도 걱정 없고 늙어도 걱정 없고 실업자가 되어도 걱정 없고 육아도 걱정 없다. 그러니 행복할 수밖에."

They're happy because they feel safe... They feel a sense of security, they don't have to worry about healthcare, they don't have to worry if they get old and there's nobody to take care of them, they don't have to worry if they're going to lose their jobs, or lose their homes, they don't have to worry about educating their children, they don't have to worry if they get sick they won't have anybody to take care of them. Definitely a sense of security, comfort and cosyness. And it makes you really happy".

Oprah

그 소식이 SNS를 타고 알려지면서 미국의 언론들은 분노했다. 환호를 보내준 것은 우리 미국 국민이건만 그녀는 북구의 작은 나라 덴마크로 날아가 그곳을 찬양했다. FOX 티브이는 오프라 윈프리의 인터뷰 바로 삼일 후 그녀의 언행을 주제로 긴급 토론 프로그램을 편성했다. 그리고 미국에서 누릴 것 다 누리고 미국의 '정반대편' 나라인 덴마크를 순례한 윈프리를 원색적인 톤으로 비난했다. 심지어 몇몇 토론자들은 그녀를 '비도덕적 사회주의자' 로 몰아세웠다.

토론자 중 한 명은 덴마크가 삶의 질 측정에서 가장 행복한 이유는 세뇌되었기 때문이라고 주장했다. '덴마크에서 그 열망의 제거는 아주 세밀하게 이루어졌다. 부자들의 세금은 67%까지 걷출 되었다. 부자가 될 이유가 없었고, 그 열망은 거세되었다. 부자가 되고픈, 또는 된 사람은 이미 그 나라를 떠났다.' 는 것이 그의 주장의 요지였다. 그는 또 행복의 측정 지표 자체도 문제 삼았다. 행복을 추정하는 공식을 아무도 발표하지 않고 순위를 매겼다는 것이다. UN의 행복측정 공식은 단 하나 이것이다. "How happy are you these days?"이다. 이 물음에 가장 중요한 영향을 끼치는 건 바로 기대치이다. 기대치가 낮은 사람들은 다들 행복하다고 말한다. 기대치가 높은 사람들은 모두 불행하다. 그래서 기대치가 낮은 사람들은 가난해질 것이고, 가난한 문화가 퍼지면 가난은 고착된다는 것이다. 북구의 '사회민주주의' 국가들은 조사에서 행복도가 모두 높게 나오는데 그건 가난한 나라로 가는 전조라고 맹비난했다. 부자가 될 욕망이 거세되었기 때문에 기대도 없고 그래서 불만족도 없다는 것이다. 머지않아 선진국의 대열에서 이탈하여 부탄처럼 행복하기 때문에 가난한 나라의 대열로 추락할 것이 불 보듯 뻔하다는 이야기였다.

또 다른 깡마른 웨스트포인트 출신의 토론자 모 씨는 십 년 뒤에는 덴마크, 노르웨이, 스웨덴, 핀란드 모두가 아시아의 맹주 한국보다도 경쟁력이 떨어지는 나라가 될 거라 큰소리친다. 오프라가 좋아하는 오바마

조차도 한국의 교육을 찬탄하지 않느냐, 오프라는 한국 가서 배워야 한
다. 다음번 휴가는 반드시 덴마크가 아닌 한국에 가서 그들의 '공부하
다 죽기' 자세를 배워야 한다고 거품을 물었다.

노벨경제학상 수상자인 한 대학교수도 다른 프로그램에서 행복의 측
정은 문제가 많고 이것으로 한 국가의 행복지수를 측정하는 것은 온당
치 않다는 견해를 말했다. how happy are you? 를 물으면 많은 사람
이 그렇다고 대답하지만 그 질문을 물어보기 전에 요즘 들어 얼마나 데
이트를 많이 했느냐 how many dates do you have these days? 를
먼저 묻고 행복한가를 물어보면 대부분의 사람은 행복하지 않다고 대답
한다는 것이다. 행복의 측정은 그만큼 취약하고 부정확해 별 쓸모가 없
다는 것이다.

그는 사실 보수파가 아니었지만, 보수언론들은 그의 이론을 빌려와
UN의 행복측정이 얼마나 빈약한 논리의 산물인지를 공격했다. 북구의
여러 나라는 전 세계에서 가장 데이트를 많이 하는 나라이므로 UN의
행복도 조사를 할 때도 아마 그 전날의 데이트 때문에 가장 행복하다고
대답하게 되었을 것이라 빈정댔다.

오프라 윈프리의 덴마크 휴가 소동 이후, 분위기는 다시 잠잠해졌다.

페이스북에서만 간간이 오프라의 덴마크 견해에 대한 논쟁이 댓글로 붙을 뿐 이내 언론에서의 중요한 화두로는 사라졌다.

오프라 윈프리의 삶은 고단했다. 그녀의 어린 시절은 불안정 그 자체였다. 역경은 인간을 강하게 만들었지만, 그 역경을 다시 겪으라 하면 다시는 그 시절로 돌아가고 싶지 않은, '역경의 파라독스'에 오프라는 빠져있었다. 오프라는 사실 덴마크를 자세히 알고 싶었다. 보수언론의 공격이 완전히 틀린 말이라는 확신이 잘 서지 않았던 것이다. 자신이 열심히 살아온 것은 분명하고 그것을 미국이란 나라의 시스템이 받쳐주었다는 것을 스스로 잘 알고 있었기 때문이었다. 이미 자신은 미국에서 성공한 여자였다. 덴마크를 방문하기 2년 전 스탠퍼드대학의 졸업식 연설에서 그녀는 졸업생들에게 행복해지길 역설했다. 〈유명해지려 하지 말고 위대해지려 하라 "Don't be famous, Be great!"〉고 주문했다. 유명한 것은 자신을 뽐내며 드러내는 것이지만 위대한 것은 전체의 부분이 되어 역할을 충실히 바르게 수행하면서 주변 사람들에게 한없이 베푸는 일이라고 말하면서, 자신은 유명해졌고 이제부터는 위대해지고 싶은 속내를 드러내었다. 미국의 슈퍼엘리트들인 스탠퍼드 학생들에게는 더욱 그 말을 던지고 싶었다. 위대해져서 행복해지라고. 그러나 그게 미국에서 자신이 겪은 고통을 보상해줄 거로 생각하지는 않았다. 자기 말이 씨가 먹혀 슈퍼엘리트들이 미국사회를 '위대하게' 선도할 거라고도 생각하지 않았다. 스탠퍼드 졸업생들에게 기립박수를 받았지만, 그것이 〈테네시 주립대학을 겨우 졸업하고 '위대해진' 자신〉에 대한 예우적 답례라기보다는 〈스탠퍼드대학을 나오지 않고도 '유명해진' 사람〉에 대한 예외적 답례였음을 알고 있었다.

스탠퍼드 졸업축사 이후 윈프리는 열광적 반응을 얻었지만, 마음 한 구석은 늘 찜찜했다. 자신의 삶과 스탠퍼드 졸업생의 삶은 완전히 별개였다. 스탠퍼드와의 인연은 성당에서 맺어졌던 커비 외에는 아무도 없었다. 그것도 인연이라고, 그들의 박수를 얻어내기 위해 졸업사에 인용했을 뿐이다. 사실 커비는 자신의 대녀로서 의무감이 더 컸다. 커비를 언급하지 않았다면 스탠퍼드와는 그 어떤 인연도 없었다. 그러나 그들에게 진정한 성공과 행복에 관한 이야기를 해주고 싶었던 것은 분명했다. 돈도 중요하지만 진정한 성공은 삶의 의미를 획득하는 것이며 그 의미란 선을 행하여 주변 사람들에게 좋은 사람으로 마음속에 남는 것임을 느끼게 해주고 싶었다. 그러나 그 넓은 스탠퍼드의 졸업식장에서 20분간의 연설로 그런 말이 통했을 것이라고는 전혀 확신하지 않았다.

그러다 그녀는 2년 뒤 덴마크를 만났다. 자신도 그런 나라가 있는 줄 사실 몰랐다. 작은 나라였고 나라 이름 정도만 알았고 미국과는 비교도 안 되는 나라였다. 그런데 행복도 1위가 된 나라였다. 그런데 더 이상한

것은 대개 행복한 나라는 부탄이나 아프리카의 가난한 나라인데, 이 나
라는 1인당 국민소득도 세계 최고였다. 더 이상한 것은 성장률도 높지
않은데, 완전고용상태의 나라다. 들리는 언론의 평가도 부자들이 높은
세금에 전혀 저항이 없이 '착해 빠졌다' 는 것이다.

코펜하겐에서 일주일을, 시작합니다

입구. 게이트웨이에서

오프라 윈프리의 덴마크 인터뷰를 유튜브에서 본 뒤 잠시 눈을 붙였을 뿐인데, 꿈속 오프라 윈프리의 스토리텔링에 내 자각몽이 재미를 붙이면서 거대한 팩션이 만들어졌다. '이거 페이크다큐가 되겠는걸?' 긴 낮잠에서 나는 서서히 깨어났다. 눈을 뜨고 더운 이불에서 꿈틀거리며 나와 다시 생각해보니 정말 덴마크에 뭔가 있을 것 같다는 확신이 섰다. 도대체 어떤 나라일까. 나는 자각몽이 하나의 계시인 듯, 전격적으로 덴마크란 나라에 인터뷰를 걸기로 했다. 인터넷으로 먼저 인터뷰를 걸었다.

여기저기 많은 사람들이 덴마크란 나라에 대해 써놓은 것을 봤다.

블로그에서부터 논문까지 덴마크와 관련된 자료들을 하나하나 섭렵해
갔다. 덴마크에 관한 한 한국에서 가장 많은 자료를 읽은 사람이 되어야
겠다는 욕심으로 찾아 읽었다. 몇 개월을 찾아 읽고 나니 어느 순간엔가
한국에서 나온 덴마크 관련 논문이나 자료들을 다 섭렵했다. 새로운 걸
찾았나 보다 하면 대부분이 이미 기존 자료의 짜깁기였다. '이제 자료
는 그만 찾자.'

　행복도 조사는 워낙 편차가 심해 나라마다 행복순위의 부침이 심하
다. 북유럽 국가들도 상위권이긴 하나 오르락내리락 한다. 그래도 꾸준
히 1, 2위에 오르는 가장 행복한 나라는 부탄이다. 부탄은 행복을 국가
정책의 최우선순위로 둔다. 그러나 행복하길 원하는 사람들도 부탄 가
서 살라고 하면 고개를 절래 흔든다. 행복하고는 싶은데 부탄과 같은 행
복은 아니라고 말한다. 행복한데도 그런 행복이 싫은 이유는 간단하다.
가난하기 때문이다. 가난하게 행복해 봤자 구질구질하기만 할 뿐이다.
"비가 새는 작은 방에 새우잠을 잔대도 고운 님 함께라면 즐거웁지 않더
냐."란 '사노라면'은 절대 사절이다. 고운 님 옆에 있어도 가난은 즐겁
지 않다. 오히려 거꾸로다. 돈 많으면 추한 사람도 고와 보이고 옆에 있
어 즐겁다. 축구선수 박지성이 수백억 몸값의 남자로 돌변한 순간 그의
성성한 땀구멍은 광채로 가득 찬다.
　북유럽 국가 중에서도 가장 행복한 나라는 단연 덴마크다. 네덜란드,

스웨덴, 핀란드, 노르웨이 등 다른 북유럽 국가들도 행복도가 높았지만 덴마크가 가장 높았다. 이유가 뭔지 궁금했다. 책도 보고 인터넷 자료, 논문들도 다 찾아보니, 대략 그 이유는 작은 인구, 문화적 동질성, 최소의 양극화, 두터운 중산층, 낮은 삶의 기대 등이었다. 반면 행복하지 않을 이유도 많았다. 높은 세금, 높은 물가, 좋지 않은 기후와 날씨, 낮은 학력 등이었다. 그런 이유가 결국 행복의 높낮이를 규정했고 좋은 이유가 나쁜 이유를 물리쳤을 것이다. 그러나 텍스트로만 보니 뭔가 답답하다. 시퍼렇게 살아서 행복을 누리고 있는 사람들이 직접 보고 싶어졌다. 사실 코펜하겐으로의 일주일 여행에서 그들 행복의 비밀을 눈으로 직접 확인하는 건 과욕이고 그럴 수도 없다. 단지 행복에 대한 나의 생각에 확신을 주는 정도일 뿐. 그 일주일은 행복한 국가에 대한 한 한국인 중년의 호기심 어린 구경이었다.

물론 부탄도 방문국가로 염두에는 뒀지만 가기도 어렵고 마음도 내키지 않았다. 잘 사는 나라 중에 가장 행복한 나라를 가야 여행도 좀 편할 듯싶었고, 다녀 온 후에도 얘기가 좀 더 잘 먹힐 거라 생각했다. 우리보다 국민소득도 3배나 많은 데다 행복이나 복지에 대해 좀 안다 하는 사람들은 빠짐없이 덴마크를 한두 마디씩 언급하기 때문이다. 보수진영과 진보진영도 덴마크에 오랜 관심을 보여 왔다. 보수 쪽은 새마을 운동의 기원지로, 그리고 해고가 자유로운 나라라는 이유 때문에, 진보 쪽은 복지와 사회안전망이 잘 갖추어진 나라라는 이유 때문이다. 그리고 또

우리가 모델로 삼을 만한 나라인가에 대한 논쟁도 많다. 이래저래 덴마크가 궁금해 직접 눈으로 보고 싶었다.

행복지수 상으로도 늘 1등이고 오프라 윈프리까지 꿈속에서 거드는 바람에 덴마크로의 여정은 주저함 없이 척척 진행되었다. 혼자서 가는 여행은 홀가분하니 질질 끌 이유가 없었다. 이제는 온라인이 아니라 오프라인에서 인터뷰를 걸 때가 되었다. 짐 싸서 떠나자! 일주일의 여정을 일정에서 할당하고 항공권을 샀다. 비행기를 타고 10시간 후면 네덜란드 암스테르담에 도착한다. 그렇게 준비해 떠났다.

그렇게 암스테르담에 도착했고, 암스테르담에서 유레일로 13시간을 달려 덴마크의 수도 코펜하겐 중앙역에 도착했다. 도착하자마자 짐도 풀기 전에 오프라 윈프리에게 속았다는 걸 알았다. 중앙역 근처에는 부랑자도 꽤 있었고, 대낮부터 술에 취해 흐느적대고 풀어진 눈으로 돌아다니는 사람들도 있었다. 중앙역에서 햄버거를 사서 근방 숙소로 가는 동안 껄렁한 몇몇 히스패닉들이 내 주변을 얼쩡거리는 느낌도 받았다. '어느 도시나 중앙역은 그렇지 뭐' 하며 대수롭지 않게 생각했지만, 그래도 세계에서 가장 영향력 있고 믿을만한 여성에게 속았다는 느낌은, 친한 친구에게 바람맞고 혼자 식당에서 밥 먹는 중년의 상실감 같은 것이었다. 그녀야 뭐 유명인사이니 좋은 데만 봤을 거고 그러니 당연히 부랑자를 보지 못했을 수도 있겠지. 그래도 그렇게 방송에서 떠벌리는 게 아닌데. 코펜하겐의 첫인상은 아쉽게도 오프라 윈프리가 힘주어 설파한 유러피언 드림과 함께 깨졌다. 그녀에겐 그녀의 원래 상징인 아메리칸 드림이 역시 더 잘 어울린다.

코펜하겐의 첫인상에는 오프라 윈프리와 함께 숙소의 집주인도 살짝 끼었다. 숙소에 도착하기 전 스마트폰으로 이메일을 확인하니 숙소 집주인으로부터 메일이 와있다. 내가 도착하는 시간엔 자기가 없고 그래서 집 열쇠는 근처 과일가게에 맡겨놓겠다고 한다. 집주인으로부터 키를 전해 받으면서 듣는 정보도 중요한데, 난감했다. 집주인은 스톡홀름에 일이 있어 코펜하겐엔 그때까지 올 수 없다고 한다. 자기 집을 쓰는 손님에게 집 좀 깨끗하게 써달라는 부탁의 말도 있을 법한데 이메일에 추신으로 덧붙인 내용이 가관이다. 집에 가면 물고기들이 있는데 물고기 밥을 안 줬으니 저녁에 도착하면 그것부터 챙겨 달라는 부탁이었다. 아니 게스트한테 이렇게까지. 물론 물고기 밥 주기는 별것 아니지만 주인장의 안내도 변변히 없는데다 물고기까지 챙기라는 요청은 황당했다.

숙소에 도착해 짐을 풀고 물고기 밥을 줬다. 나는 햄버거로 저녁을 때우고 난 뒤 오후의 양광(陽光) 같은 백야의 거리로 나섰다. 미국이나 파리 같은 대도시도 동네 사람들을 보면 방긋 웃고 인사말 정도는 건넨다.

그런데 코펜하겐 거리의 시민은 눈을 마주쳐도 아무런 인사치레가 없
다. 초행의 객에겐 스쳐 지나는 작은 미소도 큰 의미가 있다. 물론 우리
처럼 무표정을 넘어 인상 쓰는 일은 없지만 그래도 서구의 다른 나라에
비하면 좀 쌀쌀한 편이다. 낯설고 서먹한 외지에서 내가 보낸 몇몇 동정
의 신호들은 싸늘한 빙벽과 마주했다. 행인들로부터 차츰 눈길을 접는
다. 아마 세계에서 가장 인기 없다는 아시아 남자여서 그렇겠지. 이리저
리 걸으며 차분한 코펜하겐의 거리 풍경을 보니 자학은 자연스럽게 자
위로 바뀐다. '코펜하겐 역시 잘 왔어. 차분하게 차려입은 아름다운 도
시야.'

첫 번째 생각, 낭만적 기차여행이란 존재하는가

코펜하겐까지 가는 길은 멀었다. 빈대약 스프레이가 얼굴에 뿌려져 푸릇푸릇 돋은 얼굴 피부가 따갑기도 했지만 벌써 암스테르담에서 출발해 5시간 동안이나 타고 온 유럽 쿠셋열차의 피곤함에 눌려 나는 달콤한 선잠에 빠져들고 있었다. 지천명을 앞둔 나이에 무슨 하늘의 뜻을 알겠다고 홀로 유럽여행을 꿈꿨는지 알다가도 모를 일이다. 블로그를 뒤지다가 암스테르담에서 코펜하겐으로 가는 기차가 배를 타고 물 위를 지나간다는 포스팅을 보고서는 '바로 저거다' 한번 타보는 거야 했고, 청년들도 힘들어하는 13시간짜리 유레일 야간 쿠셋열차를 탔다. 타자마자

이 기차가 바다 위로 배를 타고 북해를 건너던 건 옛날 일이고 이제는 첨단공법으로 지은 지하터널을 그냥 통과할 뿐임을 알았다. 배와 바다 는커녕 아무것도 보이지 않는 캄캄한 터널 속을 지나는 기차. 터널공법 을 자랑하는 안내코팅지가 몇 해 전의 블로그 포스팅을 믿고 행동을 실 행한 나를 놀리고 있었다. 유럽 기차여행은 낭만일 수 있을 거라며 스스 로를 위로했다. 쿠셋열차 침대겸용 의자에는 크기가 제각각인 빈대들로 들끓었고 같은 칸의 한국인 여대생 둘은 얼굴도 내밀지 않은 채 꼭대기 3층 자리에서 연신 빈대잡기용 스프레이를 뿌려댔다. 1층에 누워있던 내 얼굴로 스프레이가 마구 뿌려지고, 내 푸아푸아 하는 소리에 두 여대 생은 서로의 대화를 잠깐 끊는다. 잠시 후 다시 빈대약은 계속 뿌려졌다.

"프로페서 유! 겟업! 빨리 나와 봐요." 같은 칸의 2층 승객 좡이 나를 깨운다. 암스테르담에서 출발한 쿠셋열차가 독일 쾰른을 지날 때쯤이었 다. 시계를 보니 시간은 밤 11시. 도시의 불빛이 기차 창문 이곳저곳 뿌 려졌다. 선잠을 자고 있던 나는 무슨 비상사태나 난 줄 알고 열차칸 방 을 빠져나왔다. "저것 좀 보세요." 열차는 독일 쾰른 중앙역에 도착하고 있었고, 쾰른 대성당의 장중하고 유려한 풍경이 눈앞에 놓였다. "우와! 저게 쾰른 대성당이군요. 고마워요. 좡! 깨워준 덕분에 쾰른 대성당도 다 보고. 자고 있었으면 모르고 지날 뻔했네요."

좡은 기차의 출발역인 암스테르담에서부터 같이 탔다. 네덜란드 암스테르담에 잡인터뷰를 하러 왔다가 덴마크로 돌아가는 길이란다. 자기는 독일인이지만 지금은 덴마크 오덴세에 살고 있고 여자 친구는 덴마크인이라고 한다. 5시간에 걸친 잡인터뷰job interview로 피곤하다며 타자마자 잠시 눈을 붙이더니 곧 일어나 나의 행선지를 묻고는 자기가 들렀던 코펜하겐 사진을 보여준다. 기차 타는 낭만과 재미가 자기에겐 잡인터뷰보다 더 의미 있는 시간이라고 말한다. 잡인터뷰가 신통치 않았던 듯하다.

열차칸으로 다시 들어가 한국인 두 여대생을 깨우려 했던 쫑은 계면쩍게 혼자 나왔다. 열차는 쾰른 중앙역에 멈춰 서 있었고 서 있는 동안 대성당은 역사(驛舍)에 가려져 보이질 않았다. 기차가 출발하자 대성당은 역을 밀치고 다시 그 위용을 드러냈다. 작은 탄성들이 조용한 열차에 퍼졌다.

그 사이 나는 우리 칸에 새로 들어온 덴마크인 히게네씨를 맞았다. 하지만 우리 칸으로 들어온 히게네씨는 곧바로 나를 과객으로 맞았다. 먼저 탄 내 칸의 텃새는 소용없었다. 자기는 덴마크인이며 브뤼셀의 EU 의회 회의를 마치고 돌아가는 길이라고 한다. 그리고 첫 질문으로 내 직업과 여행목적을 묻는다. 연구차 덴마크에 가는 길이라고 했다. 무슨 연구냐고 묻는다. 행복이 주제라 했다. 살짝 미소 짓고 표정이 부드럽게 바뀐다. 그래도 질문에 워밍업은 없다. 뭐든 군더더기 없이 바로 치고 들어온다.

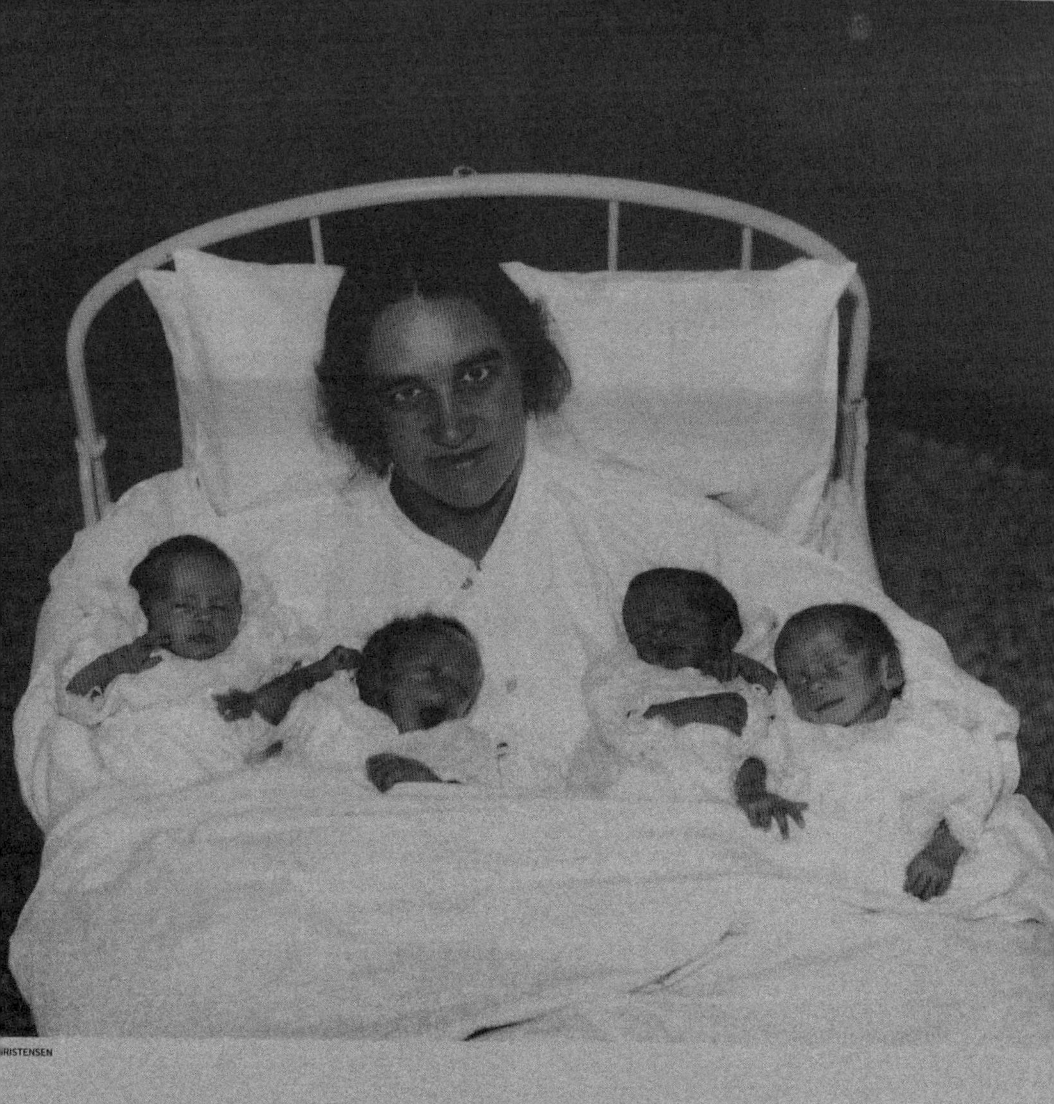

히게네씨는 주변 사람에 관심이 많고 성격도 급해 보였다. 그다음 질문은 바로 내게 결혼했느냐고 묻는다. 결혼했다고 하니, 그런데 왜 반지를 끼지 않았느냐고 한다. 질문이 다시 부드러운 것에서 공격적인 것으로 바뀐다. 반지 질문 공격에 내 표정은 무뚝뚝해졌다. 반지가 절대 반지도 아니고 결혼반지 안 낀 것이 뭐가 대수인가. 그래도 히게네씨는 바람둥이 보듯 눈길을 쏜다. 자신의 결혼반지를 내보이며 자식이 4명이라는 말을 천천히 또박또박한다. 이 사람들 정말 솔직하구나.

"한국에서 아이를 4명 가지고 있다면 부자라는 소리를 듣지요."

내 말에서 우리나라 복지시스템을 엿본 그는 자기는 한국은 잘 모른다며 웃는다. 중국과 일본은 가봤어도 한국은 가보지 못했다며 한국인 자존심도 살짝 건드린다. 50대 후반의 나이에 흰 수염이 멋진 히게네씨는 사회안전망 덕분에 자녀 양육에 돈이 크게 들지 않는 덴마크를 연신 자랑했다.

"아이들의 인성이 형성되는 어린 시기엔 부모가 옆에 있어야죠."

부인이 간호사고 자기는 연구직이어서 밤낮에 서로 교대로 4명의 아이를 봤다고 한다. 그러면서 요즘 젊은 덴마크 청년들을 걱정한다. 아이들 인성에 부모 역할이 아주 중요한데, 좋은 집과 좋은 차 같은 소비에 정신이 팔려 자녀 키우기에 소홀하다는 것이다. 그러나 그건 덴마크의 기준이다. 젊은 사람이 좋은 집, 좋은 차 좋아하는 건 세상 어디나 다 같다. 그걸 천박하게 드러내느냐 품위 있게 드러내느냐의 차이일 뿐이다.

히게네씨와의 대화에서 내가 복지라고 말하면 히게네는 늘 소셜 시큐러티, 소셜 세이프티 즉 사회보장, 사회안전망이란 말로 바꾸었다. 같은 말인 줄 알았더니 덴마크는 안전하다는 것이지 모든 걸 대신해주는 건 아니라는 거다. 복지만을 강조하면 그건 덴마크에 대한 오해라고. 복지보다는 사회보장이 자기 생각에는 더 맞는 말이라고 한다. 개인이 열심히 하는 것이 기본이고 열심히 하지 않는 사람에게는 죽지 않을 만큼만 해준다. 노는 사람에게 절대 복지를 해주지는 않는다는 말이다. 익히 들어 별로 새로울 것도 없었다. 그런데 히게네씨의 말에 똑같이 오덴세에 살고 있는 쫭은 바로 옆자리에서 아무런 반응이 없다.

히게네씨가 탄 후 시간은 밤 12시로 접어들었다. 쾰른성당 이후 볼 것도 별로 없다고 쫭이 귀띔한다. 모두 잘 시간이다. 침대를 만들고 이불을 덮었다. 빈대 잡던 스프레이도 잠잠해졌다. 그러나 빈대약 스프레이가 조제한 내 피부트러블은 밤새 내 얼굴을 불태울 기세다. 화끈거리고 톡톡 쏘는 게 죽을 맛이다.

기차는 밤새 달려 아침 8시가 되었다. 독일에서 덴마크로 국경을 넘고 있었고, 밤 2시에 남몰래 들어와 자던 덴마크 여인은 우리가 모두 깰 때 함께 일어나 아무 말 없이 침대를 정리하고 짐을 챙겨 식당 칸으로 가버렸다. 내가 자고 있는 동안 내 바로 위에서 자고 간 그 여자와 한마디 말도 나눠보지 못했다. 그녀는 북구의 여염집에서 흔히 볼 수 있는

'슈퍼간지' 형 덴마크 여인이었다. 내 바로 15센티 위 한 여인의 침대가 밤새도록 자신의 무게로 볼록하게 내게 다가와 있었다. 기분이 야릇하면서도 기이한 일이다. 이곳 쿠셋열차의 침대칸이란 아랫사람에겐 천장이고 윗사람에겐 바닥이다. 작은 차이지만, 그 작은 차이가 정반대의 차이를 만든다.

기상 후 침대를 정리하자며 쫑이 솔선한다. 3층의 두 여대생 침대만을 둔 채 1, 2층 침대를 다시 의자로 만들어 히게네씨와 쫑씨 그리고 내가 마주 앉았다. 밤새 달리던 기차가 새벽에 밤비(bombee)를 치는 바람에 기차는 5시간이나 연착되었고, 그 덕에 두 덴마크인과 더 많은 얘기를 나눴다. 이번엔 내가 먼저 질문공세다.

"유럽국가들이 위기인데, 덴마크 복지도 이러다 오래 못가는 거 아닌가요?"

두 덴마크인은 내가 던진 질문에 두 눈이 조금 커질 뿐, 바로 히게네씨가 말문을 연다.

"내려올 땐 조심해야죠. 등산하면서 내려올 때 무릎을 조심해야 하듯말이죠. 잘 내려오면 또 올라갈 수 있을 거예요. 그러나 어설프게 내려오면 치명상을 입을 수도 있죠."

히게네씨가 쫑을 보며 동조해달라는 투다. 쫑은 아무 반응 없이 창밖을 쳐다본다.

"소프트랜딩 중요하죠. 경제는 사이클이니까 내려올 때 잘 내려와야 또 올라가죠. 정책은 내려올 때 세심하고 주의해야 합니다. 하산할 때 더 조심하고 주의해야 하는 것 맞아요.”

내 맞장구에 히게네씨의 입가가 올라가고 흰 치아가 드러났다. 사실 하산의 중요성은 아무리 강조해도 지나치지 않다. 등산사고는 하산사고라고 한다. 도전정신은 추앙받으나 그것은 살아 돌아오는 것까지를 포함한다. 살아 돌아오지 못하는 도전정신은 ‘불행한 실종’이다. 북극의 피어리나 남극의 아문센도 살아 돌아왔기 때문에 더 의미가 있는 것이다. 인생은 정상 정복보다 하산 안전이 더 중요하다. 물론 승진과 성공은 찬탄 받는다. 인생에 도전했고 정상을 정복했기 때문이다. 그러나 늘 인생이란 여정이 정상만 있는 것은 아니다. 임원을 했든, 승진을 했든 나이가 차면 내려와야 한다. 내려올 때 잘 내려오지 못하면 일생이 추해진다. 하산이 싫어 늘 새로운 자리를 탐하며 또다시 정상으로 오르려는 사람들, 삶은 늘 비어 시끄럽고 천박하다. 반면 무리하지 않고 때를 알아 하산하며 주변과 벗하는 사람들, 삶도 꽉 차고 그 풍경도 아름답다.

히게네씨와의 대화는 얼마간 계속되었다. 히게네 씨는 덴마크 복지 신봉자다. 자신의 4자녀 키우기는 덴마크에서만 가능하다는 거다. 그의 결혼반지가 창가로 스민 햇빛에 더 반짝였다. 세계 최고 이혼율의 나라에서도 사랑은 빛나고 있었다. 나는 점잖은 수다쟁이 히게네 씨로부터 시선을 좡에게로 돌렸다.

"닥터 쟝! 덴마크 사회안전망에 대해 어찌 생각하세요?"

한국도 행복국가 복지국가 1위인 덴마크 벤치마킹에 관심이 많다며, 기차에 탄 두 덴마크 주민을 '싸구려 비행기로 잠깐 옮겨' 태웠다. 쟝은 진지했다. 나의 질문에 한 템포를 침묵으로 보내고 말을 이었다.

"북구의 복지가 허점도 많은데 그 전철을 한국이 밟아서는 안 되죠." 라고 한다.

쟝은 사회안전망을 유지하는 데 있어서 세계화는 양날의 칼이라고 했다. 덴마크는 세계화, 국제화 덕분에 많은 농산물과 제품을 수출하지만 다시 국제화로 복지위기를 겪을 거라 진단한다. 자신이 독일인으로 덴마크 회사에 근무했던 경험담을 얘기한다.

"우리 회사에는 덴마크인이 반이었고 나머지는 저처럼 독일 등 다른 지역에서 온 외지 사람들이었지요. 덴마크 사람들은 4시면 퇴근하죠. 그런데 외지인인 우리는 집에 가봐야 가족도 없고 회사에서 저녁도 먹고 늦게까지 일하다 가죠. 회사 사장은 누굴 좋아할까요. 덴마크인들끼리 있을 경우야 4시 퇴근 아무 문제 없죠. 그렇지만 아무리 덴마크인이어도 그 사장님은 바로 퇴근하는 덴마크인들보다 우리를 더 좋아하더군요. 물론 당연히 겉으로 노골적으로 표현은 하지 않지요. 사실 나도 덴마크 시스템이 좋아요. 복지에 완전고용에 수평적인 사고에, 사실 독일인들보다 훨씬 인생을 즐길 줄 알지요. 그렇지만 이제 이렇게 국제화가 덴마크에 계속 더 확대되면 체제를 유지하기가 쉽지 않을 겁니다. 물론

당장은 아니지만 오래지 않았지요.”

쫭의 말이 끝난 후 이번엔 말 많던 히게네씨가 침묵이다. 쫭은 덧붙여서 독일인들은 상사들이 나갈 때 문까지 열어준다며 덴마크인은 그럴 일 전혀 없다고 쓴웃음을 짓는다. 나는 상사 문 열어주는 것 그건 한국인과 비슷하다며 이번엔 쫭에게 맞장구를 쳤다. 쫭은 덴마크를 더 좋아해 덴마크에 사는 듯해도 일자리가 우선인 듯 보였다. 사실 덴마크는 유럽에서 가장 강력한 반이민정책을 펴고 있다. 덴마크는 유럽 여러 나라 중에서도 국경통제가 가장 강하고, 체류조건도 가장 까다롭다. 반이민정책을 표방한 ‘덴마크사람들’ 이란 당은 비록 각 정파를 대표하는 정당은 아니지만 상당한 세력도 갖고 있다.

행복국가 1위 경쟁은 덴마크와 부탄이 번갈아가며 하고 있다. 덴마크는 세계 최고 부자나라이고 부탄은 가난하다. 행복국가로는 둘 다 1등이다. 두 나라의 문화를 보면 공통점이 있다. 우선 상당히 동질적이라는 것이다. 두 나라 다 이민자가 되기 어렵다. 그런데 코펜하겐은 ‘오픈’ 으로 도시의 캐치프레이즈를 바꿨다. 그 말은 그만큼 다른 유럽에 비해 덜 개방적이고 덜 혼종적이었다는 말이기도 하다. 덴마크는 이민에 대해 배타적이다. 부탄도 그렇다. 부탄은 아예 여행자조차도 허가를 받아야 할 정도다. 행복은 비교에서 온다. 더 정확하게는 비교하지 않는 것에서 온다. 국제화, 개방화가 덜 된 두 나라, 지리적으로 정책적으로 개방이 어려운 두 나라에서 행복도가 높은 이유는 분명 어떤 보호막 때문이다. 행복의 진검승부는 그런 보호막을 걷어내는 것일까? 아니면 그런 보호막을 계속 더 잘 쳐주는 것일까?

히게네씨와 쾅은 유레일 쿠셋열차에서 우연히 만났지만 서로 금세 친해졌다. 알고 보니 같은 도시 오덴세에 살고, 전공도 화학으로 같다. 쾅은 박사학위를, 히게네는 석사학위를 갖고 자기분야에서 일하고 있다. 쾅은 히게네씨에게 자신의 CV(이력서)를 가방에서 꺼내 주었다. 머리카락이 듬성듬성 난 히게네씨는 대머리치료회사의 중역이고 기차에서도 틈나는 대로 모발 관련 전공 책을 펼쳐 읽었다. 둘은 유사한 전공에 같은 도시에 그렇게 친해졌는데, 나의 복지 관련 질문 탓인지 그 이후로 둘 간의 대화가 많이 줄었다. 복지란 그냥 대통령의 깜냥 뽐내기 정도인 나라에서 온 나에겐 복지수준으로 보자면 독일과 덴마크가 거의 동급으로 같았지만, 그들끼린 같지 않았다. 유럽 내에서도 거의 완전복지에 가까운 덴마크 복지는 유럽인들에게도 이게 유럽적인 것인지 아닌지 의구심이 들 수도 있겠다.

덴마크 여행 중 유로2012가 열리고 있었다. 덴마크는 유로2012 4강에 끼지 못했다. 사실 덴마크축구는 약체다. 독일 전차군단에도, 얼마 전 열린 포르투갈 전에서도 패배했다. 호날두를 위시한 강팀 포르투갈을 상대로 잘 싸웠지만 역부족이다. 그래도 혹시나 하는 마음에 맥주펍과 친구 집에 삼삼오오 다들 모여 왁자지껄한다. 한 골이라도 들어가면 도시 전체가 환호성으로 들썩인다. 유로2012 경기 때마다 시작 전 유로1998을 보여주는 덴마크 방송들. 2012년을 기점으로 15년 전이다. 1998년은 유로컵에서 덴마크가 우승한 해이다. 그 영상을 보면서 언제나 그들은 자랑스러운 영광을 기억한다. 작은 나라, 인구 530만의 소국이 유럽을 제패한 것이다. 15세기 유럽을 호령했던 영광의 시대를 재현한 모습이다. 우리가 월드컵이 열릴 때마다 2002년 월드컵의 영상을 보면서 위로받는 것과 같다.

기차는 해저터널로 달려 덴마크 핀 섬에 도착했다. 창가로 펼쳐진 시원한 북해와 거대한 풍력발전 풍차들이 북구의 아우라를 발산한다. 오덴세가 얼마 남지 않았고 히게네씨와 쫑은 짐을 챙긴다. 매력 없는 아시아의 한 남자와 몇 시간을 얘기한 그들은 별로 운이 없었지만, 덴마크를 궁금해하는 나에겐 참으로 좋은 운이었다. 잠자거나 누워있거나 자기들끼리만 속삭인 두 한국인 여대생도 기차에서 내릴 때쯤 경계심을 풀고 잠시 대화에 끼었다. 두 덴마크인과의 대화 중에 한국 여성들은 유럽보다 경제 참여도가 훨씬 낮지만 친절하고 능력 있다는 나의 설명이 논증되는 순간이었다.

유레일 기차 안에서는 이방인과도 만나고 옆 동네 사람과도 만난다. 그런 좋은 사람을 만나는 운은 인생에서 큰 재미다. 환갑의 히게네씨도,

젊은 30대 청년 쫭도 기차를 아주 좋아했다. 둘 다 타자마자 숙련된 솜씨로 쿠셋의 침대를 만들고, 의자를 만들고, 테이블을 깔고, 이불보를 정리한다. 심지어 쫭은 잠옷까지 그 좁은 쿠셋기차칸 침대에서 10초 안에 갈아입었다. 마른 체구도 아닌데, 그 좁은 공간에서 놀라운 속도다. 유럽의 청년들이 대개 그렇듯 부모로부터 독립하여 혼자 오래 살아온 티가 난다. 물론 유럽도 20대에 독립하는 분위기가 줄고 경제난으로 부모에게 원조 받는 청년들이 는다고 걱정이 많다. 우린 이런 걱정이 없어 다행이다. 대부분이 이미 부모에게 원조 받고 있으니까.

유럽 국내선항공도 기차 가격과 비슷하건만 굳이 히게네씨와 쫭은 모든 도시를 정차하는 느려터진 기차를 선택했다. 혹시 있을지 모를 즐거운 만남과 대화, 풍경을 기대했을 터. 느린 속도의 사람들, 그러나 느려도 그들은 그 분야의 전문가였고 서로 대화가 끊기면 책을 봤다. 서로 알게 되니 그 짧은 몇 시간 사이에 이력서를 주고받았다. 그리고 또 서로 대화하다 대화가 끊기면 또 책을 읽는다. 그래, 시간은 모두에게 공평하게 분배되었지. 어떻게 쓰느냐가 문제야. 빨리 도착하는 것과 느리게 도착하는 게 문제가 아니라 뭘 하며 도착했느냐가 더 중요해. 그 시간 동안 무슨 일을, 무슨 생각을 했냐는 거지.

많은 북구인은 기차에서 책을 읽었다. 물론 젊은이는 스마트폰으로 페이스북을 하는 친구들도 많았지만, 중년층 이상은 대부분 책을 읽거나 담소를 하고 있었다. 덴마크 기차는 떠드는 칸과 조용한 칸이 따로 있다.

조용한 칸은 거의 책보는 사람들이다. 우리나라 기차의 조용한 칸 풍경은? 당신 생각이 맞다. 모두 잔다. 우리는 자야 한다. 잠이 부족한 국민이다. 대통령도 4시간만 자는 삶을 자랑하고, 잠은 지상 최대의 적이라고 생각하는 수험생들이 그득한 나라에서 학부모들이 어찌 많은 잠을 자겠는가. 국제통계에 의하면 덴마크인들은 우리보다 평균적으로 하루에 한 시간은 더 잔다고 한다. 그렇게 잠을 충분히 잔 덴마크사람들이 풍경도 있고, 사람도 있고, 여행도 있는 기차에서 군이 더 자야 할 이유가 없다.

오덴세서 두 사람과 작별을 하고, 두 시간 후 코펜하겐 중앙역에 도착했다. 거대한 짐꾸러미를 아무 느낌 없이 척척 매고 끌고 가는 덴마크 여인들을 보며 중앙역을 나섰다. 멀리서 비명소리가 들린다. 이건 또 뭐지? 처음엔 당혹하고 놀랐다. 다행스럽게도 그건 중앙역 바로 앞에 있는 세계최초의 테마파크 티볼리공원의 상징, 스핀드롭에 탄 사람들의 비명이었다. 기차를 타고 코펜하겐에 들어온 덕택에 코펜하겐의 첫인상은 '즐거운 비명소리'다. 여행객에겐 특별한 첫인상이다. 코펜하겐, 마음에 드는걸!

사실 경유한 도시인 암스테르담은 몇몇 이미지들이 고정관념으로 자리 잡고 있었다. 운하, 홍등가, 마리화나 파는 카페와 찌든 냄새들. 그럼 코펜하겐의 이미지와 고정관념은 뭘까? 많은 사람이 덴마크 코펜하겐 하면 인어공주 다음으로 '살인적인 물가'를 떠올렸다. 세계 최고의 복지국가이고 인건비가 비싸니 물가 비싼 건 당연하고, 한국의 블로거들이 '햄버거 하나에 3만 원이나 한다.'는 것을 포스팅해, 여행 전 나 역시 살인적인 물가를 제일 먼저 떠올렸다. 그냥 돌아다니면 바가지 쓸 각오를 해야 한다는 생각이 들 정도였다. 햇반, 라면, 누룽지를 바리바리 싸온 것도 다 그 이유였다. 그러나 물가는 생각보다 비싸지 않았다. 주민이 이용하는 편의점이나 마트를 이용하면 물값, 우윳값, 치즈값, 과일값, 빵값 등 필수 식음료들은 우리나라와 비슷했고, 어떤 건 더 쌌다. 식당들도 살인적 물가라고 하지만, 대개 일 인당 일이만 원이면 괜찮은 아시안 식당을 찾을 수 있다. 햄버거 3만 원? 그런 건 아니었다. 버거킹 치즈버거도 100크로네, 그러니까 우리 돈으로 2천 원이다. 맥도날드 햄버거도 우리와 가격차이가 크지 않았다. 1.5배 정도다. 그런데 왜들 그렇게 호들갑이었을까. 물론 비싼 곳도 많다. 그러나 합리적 가격에 괜찮은 식당들도 꽤 있다.

주한 덴마크 대사관이 해야 할 중요한 일 중 한 가지는 이런 덴마크의 살인적 물가에 대한 오해를 푸는 일이다. 그것 때문에 많은 사람이 코펜하겐을 여행지에서 제외하는 일을 하고 있다. 안 그래도 먼 곳인데 물가까지 비싸니 '동화책에 나오는 가상의 인어공주'를 보러 가기엔 너무 부담인 게다. 다른 곳보다 아주 비싼 물건들도 물론 있다. 자동차와 도시 간(inter-city) 기차비, 고급레스토랑 음식 등이다. 우리보다 2~3배는 비싼 느낌이다. 그런데 여행객에게 이런 건 별로 필요 없다. 물론

København H
Copenhagen Central Station
København H
Copenhagen Central Station

기차비는 좀 나가지만 한두 번 정도만 타는 것이니 큰 부담은 아니고 코펜하겐 광역도시 티켓을 관광안내소에서 사면 버스, 트램, 메트로 모두 무제한 이용할 수 있다.

여행객에겐 그렇고, 사실 정주민의 입장에선 자동차도 필요하다. 그러나 자동차가 세금부가 등으로 두세 배나 비싸다 보니 청년들에겐 그림의 떡이다. 자동차가 비싸니 자전거를 탈 수밖에. 이곳 덴마크는 네덜란드처럼 자전거 천국이다. 사전에 익히 알고 있었지만, 직접 와서 보니 자전거 참 대단하다. 이곳 사람들은 자동차가 비싸고 주차할 곳도 마땅치 않아 자전거를 타겠지만, 이미 자전거는 생활의 중심이 되었고 자전거 중심의 도로설계도 벌써 수십 년이 되었다. 물론 그들도 쉽게 이런 결과를 얻은 것은 아니다. 1970년대 자동차가 늘어나면서 환경오염이 심해지자, 자전거를 대중교통으로 육성하기 위해 자동차에 300%의 세금을 '때리고', 자동차 제조업을 아예 금지시켜버렸다. 기름 한 방울 나지 않는 우리나라도 자동차산업을 국가핵심산업으로 육성하느라 온 힘을 쏟아 키우는데, 기름 나는 덴마크가 자동차 제조공장까지 아예 금지해 버린 것은 우리 머리로 도저히 이해할 수 없다. 좋은 공기를 만들겠다고 일자리 수십만 개를 없애버린 '순진한 인간들'의 나라다. 아니, 너무 무서운 인간들의 나라다. 그렇게 무서운 사람들이니 '무력한 자전거'를 사랑하고 그래서 자전거가 일상생활에 들어오길 허락했는지도 모르겠다.

　이곳 사람들이야 일상 일부분이 되어 공기 같으니 잘 의식하지 못할 수도 있겠지만 나에겐 곳곳에서 자전거의 지배력이 목격되었다. 생각하던 것과는 완전히 달랐다. 그냥 자동차를 대체하는 교통수단이 아니다. 사실 자동차가 얼마나 우리의 삶을 바꿔놓았는가. 근대의 인간관계는 자동차에 의해 바뀌었다고 영국의 사회학자 러쉬도 그의 책 〈모빌러티〉에서 강조했다. 그렇다면 자전거는? 자전거도 인간관계를 엄청나게 바꾸는 미디어다. 캐나다의 미디어학자 맥루한은 그의 〈미디어의 이해〉에서 자동차는 미디어로 봤지만 자전거는 놓치고 말았다. 이곳 덴마크에서 자전거는 미디어다. 미디어란 인간과 인간을 매개하며 관계의 속성을 바꾼다. 자전거를 그냥 교통수단의 하나로 취급해선 안 된다. 이곳 덴마크에서 자전거는 새롭게 정의되어야 한다.

Helsingør Værftsmuseum

TOKYO
JAPANSK
Tokyo
RESTAURANT
7 ELEVEN
7 ELEVEN

두 번째 생각, 자전거는 미디어다

코펜하겐의 자전거는 징글징글하다. 너무 많아 징그럽다. 주차된 자전거들을 멀리서 보면 수북한 폐차장 부품 더미처럼 어지럽다. 도대체 이 많은 자전거가 모두 주인들이 있단 말인가. 인구수만큼 있을 터이니 그럴지도 모르겠다. 자동차의 주차전쟁처럼, 자전거도 주차지옥이다. 역시 자전거는 페달을 밟아야 예쁘다. 그 존재의 이유는 움직임이다. 접는 노트북도 나오는데 주머니에 넣을 수 있는 접이식 자전거도 그 존재의 이유를 위해 나올 법하다.

자동차는 물론이고 사람보다 우선이라는 자전거에 대해선 많은 관광

정보들이 이미 그 존재를 잘 알려주고 있었다. 자전거는 놓여있다고 하기보다는 어디에나 쌓여 있었다. 자전거는 코펜하겐 시민의 발이다. 자동차는 원래 가격에 세금까지 붙어 비싸고, 길도 자전거 우선이고 주차도 자전거 우선이다. 코펜하겐이 큰 도시도 아니고, 오르막길도 없고, 더운 날씨도 없고, 지하철도 자전거로 탄다. 그리고 무엇보다 자전거는 비싸지 않다. 자전거는 이들에게 일상이다.

그러나 나는 자전거를 보면서 다른 생각을 했다. 자전거로 만나는 사람들 때문이다. 코펜하겐에 오기 전에는 자전거로 사람들이 만난다는 건 불가능하다 생각했다. 자전거는 1인용이고, 걷는 것보다 빨라 사람들이 서로 대화를 나누기 불가능해 보였기 때문이다. 그런데 여기 와서 보니 자전거는 사람과 사람을 이어주는 중요한 미디어였다.

어느 주말 해 질 녘, 어느 젊은 남자가 자전거 뒷자리에 여자 친구를 태우고는 버스정류장으로 달려와 후다닥 내려준다. 자전거로 버스정류장까지 바래다준 것이다. 자전거에서 내려 버스를 타는 그 짧은 시간 사이에도 잠깐의 작별 키스는 잊지 않는다. 버스 기사는 그 두 연인의 작별 키스를 기다려준다. 정류장에 정차하고 있던 버스에 여자 친구가 타니 버스는 그제야 출발이다. 이 무슨 영화의 한 장면이란 말인가. 아침 버스를 잡으려 뛰어가도 매몰차게 출발하는 우리네 버스의 모습 때문일까.

그 광경이 다른 어떤 것보다 아름다운 잔상으로 오래간다.

남자들이 자전거 페달을 밟고 아이들을 앞좌석에 태워 가는 모습도 자주 봤다. 자전거를 타고 가다 작은 광장에서 서로 내려 담소를 하는 모습도 자주 봤다. 축구경기가 열리는 날엔 여기저기 맥줏집 앞에 자전거가 단체로 주차되어 있다. 한 손에 시장바구니나 커피를 들고 다른 한 손으로 자전거를 타는 젊은 여인의 모습도 자주 봤다. 카페에서, 바에서 모일 때도 모두 자전거다. 그냥 거리는 자전거와 동격이다. 자전거가 거리고 거리가 자전거다. 자동차보단 당연히 우선이고 걷는 사람과도 잘 어울리는 자전거다. 인도를 사랑한 코펜하겐의 자전거들, 인도를 점령한 서울의 자동차들. 부드러운 것과 거친 것이 인간에게 어떻게 다른지를 잘 보여주는 색의 대비다.

코펜하겐은 작은 대도시다. 지하철을 타고 오르내리고 목적지까지 도착하기에 자전거로 충분하다. 서울 같은 대도시에서는 한번 집에 들어오면 다시 잘 나가질 않는다. 전화가 와서 어디에 사람들이 모였다고 해도 이미 집에 왔기 때문에 다시 나가기 어렵다고 한다. 가려면 집에서 나와 버스정류장까지 걸어가야 하고, 또 내려서 지하철까지 걸어야 하고, 다시 또 나와서는 카페목적지까지 걸어야 한다. 지하철 5~6정거장이라고 해도 타고 내리고 목적지까지 가는 시간이 꽤 있다.

자전거는 즉각적이다. 전화 오면 집 앞 자전거를 타고 가면 된다. 그리고 목적지 카페 바로 앞에 자전거 주차장이 있다. 주차도 바로 되고 운동까지 된다. 운동 삼아 가고 출발과 도착이 바로바로 이루어진다. 아주 먼 곳이 아니라면 중간에 걸을 이유도 없다. 젊은이들, 중년들 할 것 없이 자전거의 즉시성과 편리함이 엄청난 모임을 가능하게 한다. 후가 hygge라는 덴마크만의 독특한 모임은 그래서 가능할지도 모른다. 모든 젊은이가 이런 자전거를 갖고 있는데, 만나지 못할 이유가 없다. 모임이 활발해지고 서로 얼굴을 자주 보니 이제 인간성도 변한다. 자전거 정책이 마차가 나온 1905년부터 시작되어 100년이 넘었다고 하니 자전거는 덴마크인들의 성격까지 바꾸고 결정한 가장 중요한 미디어가 된 것이다. 자동차가 F1의 속도와 굉음으로 우리를 완전히 몰입시키는 핫미디어라면, 자전거는 온전히 사람의 반응을 다 받아주는 쿨미디어다. 자전거를 통해 사람과 사람이 서로 참여하고 만나고 소통한다. 자전거로 다니다 보면 아는 사람들과 우연히 마주칠 확률이 높다. 차는 너무 빨라 서로 보기가 어렵고, 걸음은 너무 느려 자주 보기가 어렵다. 자전거는 마주칠 빈도를 높인다. 걸음 속도보다 몇 배 빠르면서도 신호등에 멈춰 서서 서로를 쉽게 알아볼 수 있다.

공익과 집단의 수

　집단의 성원들은 그 집단적인 이익을 위해 행동하는 경향이 있다. 어느 집단의 성원들이 공통된 이해와 목적을 가지고 있고, 이러한 공동의 목표가 성취됨으로써 집단의 성원들이 보다 유복해질 수 있다면, 합리적인 개인이 집단을 위해 행동하는 것은 당연하다고 여겨져 왔다. 그런데 만약 구성원 수가 아주 적거나 아주 많다면, 그리고 구성원들에게 공동의 이익을 위해 행동하도록 강제할 장치가 없다면, 합리적으로 사적 이익을 추구하는 개인은 공익 혹은 집단 이익을 위한 행동을 하지 않을 것이다. 그렇다면 여기서 아주 적지도 않고 아주 많지도 않은, 그 사이의 중간 구성원의 의미는 무엇일까. 정치학자 올슨은 중간규모 집단이 자발적으로 집합적 편익을 마련할 수 있는가 하는 문제는 일률적으로 답할 수 없다고 했다. 왜냐하면 여기서 말하는 중간규모의 집단은 행위자의 숫자보다는 ‘각자의 행동이 얼마나 가시적인가’에 의해서 정의되기 때문이다. 즉 집단 규모의 문제란 얼마나 자신이 타인에게 노출되어 인지되는가와 같은 문제이다.

　자전거는 거대한 수의 집단을 적정 수의 집단으로 대폭 줄이는 데 아주 효과적인 미디어다. 단 햇볕에 타는 얼굴이 싫어 얼굴을 가리고, 느린 속도가 답답해 빠른 속도로 달려 아무도 알아볼 수 없다면 그런 효과를 기대하긴 어렵다. 걷는 사람들과 어울리는 속도로 함께 다니는 경우에만 도시의 거대한 주민의 숫자는 중간 규모의 집단 크기로 축소된다. 자전거가 그만큼 자신을 가시적으로 만들기 때문이다. 엑셀로드는 협력의 발생 원리를 증명한 학자인데, 그의 발견 중의 하나는 협력이 진화하려면 '개인들이 다시 만날 확률이 충분히 커서 미래에 서로 이해관계로 얽힐 것이라고 믿어야 한다.'는 것이다. 그렇게 될 때 협력은 창발한다. 1차 세계대전의 참호전에서 아군과 적군들이 상부의 전투명령에도 불구하고 묵시적 휴전을 한 것도 바로 참호전의 특성인 '서로 다시 만날 확률' 때문이었다. 자전거는 더욱 그렇다. 자전거는 놀랍게도 다시 만날 확률을 가장 높여주는, 그것도 코펜하겐 같은 '작고 아름다운 대도시'에서는 더욱 그 가능성을 높여주는 수단이었다. 자전거는 이렇게 그들 삶의 방식을 결정하고 있었다.

그런 자전거의 속성이 나의 코펜하겐 일주일도 결정하고 있었다.

코펜하겐에 도착한 첫날은 쿠셋열차의 여독으로 '방콕' 했고, 둘째 날부터 도시여행을 시작했다. 도시의 첫인상과 느낌을 보기로 하고 걷고 있는데 저쪽에서 누군가 자전거로 내게 다가온다. 민서였다. 쿠셋열차칸의 두 한국 여대생 중 한 명인 민서는 열차에서 잠깐 얘기를 나눴지만, 내 뇌리 속에 자기 이름을 새겨 넣을 줄 아는 친구였다. 민서는

THE ROYAL CAFE

내 쪽으로 자전거 페달을 힘차게 밟았다.

"여기서 걷고 계셨네요. 선생님은 키가 커서 잘 보여요. 덴마크사람들도 큰 데 말이죠."

당돌한 말투는 여전했다. "전 지금 자전거 타고 있어요. 코펜하겐에선 자전거를 타야죠." 걷는 내가 답답해 보였는지 나오는 말투가 매섭다. 나도 자전거를 탈 걸 그랬나. 역시 자전거는 걷는 것보다 빠르니 사람 만날 확률도 훨씬 높다. 그 확률에 이번엔 내가 걸렸다. 나도 자전거를 타며 여행했다면 사람 만날 확률이 더 높아졌겠지만 확률은 늘 예외를 동반한다. 그랬다면 민서와 마주치지 않을 수도 있었을 텐데.

기차용 강력 빈대약이 만든 내 얼굴 발진은 이제 긁어 부스럼이 되었고, 여전히 가려웠다.

"아니, 다른 친구는 어디 가고?"

"아, 기차에서 만난 친구요? 그냥 기차만 같이 타고 왔어요. 쿠셋열차에 이상한 인간들이 많다고 해서 기차에서만 같이 가기로 했죠."

그 이상한 인간이 나는 아니었겠지. 그녀들이 실수로 내 얼굴에 빈대약을 분사했길 바란다. 그렇지 않다면 그녀들이 이상한 인간인 거다.

민서는 가던 길 쪽 방향을 틀고 자전거에서 내렸다.

"근데 덴마크는 사회주의예요 자본주의예요?"

우리나라 사람들이 덴마크에 가면 사석에서 빼먹지 않는 질문 중의 하나라고 한다. 세미나 중에 만난 한 덴마크대학의 교수가 했던 말이다. 그런데 내가 민서에게 그 질문을 받았다. 3층 칸에 있으면서 얘기를 드문드문 듣고 있었나 보다. 민서는 쿠셋열차칸에서 짱과 히게네 그리고 내가 나눴던 대화에 전혀 끼지 않았다. 그러다 아마 이제야 그게 궁금했던가 보다.

유머작가 로버트 벤츨리는 이 세상에는 두 종류의 사람이 있다고 말했다. 세상 사람들을 두 종류로 나누는 사람과 그렇지 않은 사람들이다. 누군가 경계를 긋고 나면 생각 없는 사람들은 그 경계가 하늘이 내린 경계인 줄 안다. 지주와 소작인을 나누고 지주는 나쁜 인간, 소작인은 좋은 인간으로 나누었던 역사. 또 그 반대의 역사. 그 관념의 역사가 우리의 역사를 만들었지만, 그곳에 만약 지주 중에서도 좋은 지주, 나쁜 지주가 있고, 소작인 중에서도 나쁜 소작인, 좋은 소작인이 있다는 것을 더 생각할 수 있었다면 역사는 어떻게 바뀌었을까.

"그건 뭐라 딱 말할 수 없지. 정말 그래. 우파가 집권했다고 해도 우리 입장에서 보면 완전 좌파거든. 또 좌파도 우파정책을 채택하고 그러지. 그래도 굳이 나눠야 한다면 어느 정당이 정권을 잡느냐에 따라 다르겠지. 정파의 정책철학이 서로 달라. 덴마크는 사회민주주의 정당인 사민당(SDP)이 정권을 잡은 역사가 오래여서, 체제를 굳이 나눈다면 사회주의 정당의 집권 역사가 더 오래됐다고 얘기할 수 있겠지. 물론 최근에는 우파가 집권했었는데, 재작년에 다시 사회민주당이 또 집권을 했어."

그러나 사회주의적이라고 말하는 순간 이제 우리에게는 고정관념이 발동한다. 떠오르는 이미지들은 평등, 무상의료, 무상교육, 무상분배, 몰수, 북한, 소련, 마르크스, 레닌, 스탈린, 독재 등이다. 자본주의라고 하는 순간 고정관념은 불평등, 애덤 스미스, 미국, 독점자본, 불공정, 졸부, 상속 등이다. 이분법적 질문은 질문 자체가 편견을 띨 수밖에 없다.

덴마크사람들은 덴마크가 사회주의냐 아니냐를 묻는 체제적 질문에는 갸우뚱한다. 이게 왜 중요한 질문인지 잘 모르겠다는 표정이다. 이데올로기에는 관심이 없다. 인간에게 어떤 체제가 더 유익한지가 관심일 뿐이다. 그들에게 우리가 말하는 사회주의란 없다. 데니쉬 방식이 있을 뿐이다. 찢어지게 가난한 삶 속에서 명예와 부를 얻으려 한 안데르센에게도, 코펜하겐에서 헬싱괴르로 가는 기차 안에서 백색의 스타일 양복을 입고 카스트로의 전기를 읽고 있는 할아버지에게도, 좌우의 이데올로기적 라벨은 쓸모가 없다.

그런데 우리는 좌우를 애써 나누고 묻는 걸 거의 문화적 유전자로 배태하고 있다. '라벨 붙이기'는 사실 우리의 중요한 특징 중 하나이지 않은가. 우리나라 어른들이 젊은이들의 직업을 물을 때도 "너 무엇을 하느냐?"보다는 "너 어디 다니냐?"로 묻고, 대학생들끼리 서로 만나도 이름보다 학교나 전공을 먼저 묻지 않는가? 그 사람 자체보다, 그 사람의 환경과 소속에 더 관심이 많은 사회. 그런 한국인이 덴마크 자체의 그 무엇보다 덴마크가 자본주의냐 사회주의냐를 묻는 것엔 이상할 게 하나도 없다.

이들의 체제를 한마디 말로 묶을 수는 없다. 그래도 한국인이니 그 궁금증에 무모함을 감수해 이름 붙여 본다면? '자본투자와 사회투자가 혼합된 민주복지국가.' 이 정도가 가장 적합할 것 같다. 고소득자에게 67%까지 떼 가는 높은 세율을 보면 수입을 몰수하는 것 같고, 등록금도 없이 수당 받으며 대학을 다니는 학생들을 보면 인재투자국 같고, 해고도 자유롭고 직원의 회사 근속연수도 짧고 상속세도 적고 하니 자본가 중심 같고, 지역의 일부터 국가의 일까지 모든 시민이 적극적으로 참여하고 결정하고 투표하는 나라니까 민주주의는 분명하고.

사실 세율이 67%나 되면 상속세, 가족기업, 대기업은 큰 의미가 없다. 어차피 고소득자는 세금으로 많이 내놓아야 하기 때문이다. 그래서인지 덴마크사람들은 세금의 10% 이상을 왕실이 써도 왕실을 비롯하여 높은 지위의 사람들에 대한 반감이 없다. 그들 나름의 역할을 하고 있다고 믿기 때문이다. 고소득자가 납세의무를 다하니 고소득자가 자유롭게 결정할 권리에 대해서도 너그럽다. 해고는 유럽에서 가장 자유롭다. 노조는 성희롱이나 인간차별 등 부당한 해고에는 문제를 제기하지만 해고는 시장경제 상황에 따른다. 전적으로 고용주의 권한이다. 그 탓에 덴마크는 다른 나라에 비해 회사의 평균근속연수가 떨어진다. 하지만 문제는 없다. 실업수당도 있고 정부가 직업훈련과 직업알선을 책임진다. 만약 정부가 알선해준 직장이 마음에 안 든다면? 그러나 이건 받아들여야 한다. 실업수당을 받는 권리만큼 국가가 제공하는 직장을 받아들일 의무가 있기 때문이다. 그러나 대부분은 정부가 알선하는 직종에 만족한다. 왜냐하면 직업차별이 없기 때문이다. 변호사 일을 하다 해고를 당해 정부에서 목수 일을 하라고 하면—물론 이런 경우야 없겠지만—사람들은 기꺼이 그 일을 한다. 변호사와 목수의 월급차이도 세금을 떼고 나면 크지 않고 사회적 인식과 사회적 차별도 전혀 없기 때문이다. 이 나라는 변호사와 목수가 서로 친한 친구가 되는 게 전혀 이상한 나라가 아니다.

민서는 다시 자전거 안장에 앉아 앞바퀴를 돌려 가던 길 쪽으로 방향을 잡는다. 가던 길이 어딘지는 안 물어봤다.

"어디로 가세요?"

"응...?"

예기치 않은 공세에 허를 찔렸다. 내가 먼저 물었으면 민서의 방향을 알고 나는 그 방향과 다른 방향을 말할 수 있었는데, 이제 민서에게 나는 나의 여정을 말해줘야 한다.

"어...코펜하겐 사진전을 중앙로 거리에서 한다고 해서 거리도 구경할 겸 그쪽으로 가고 있었지"

CG JENSEN

　민서와 가던 방향이 반대방향이니 다시 만날 일도 없고 아무런 문제가 없는 듯해 둘러대었다.

　"전 뉘하운 운하 쪽으로 가고 있었죠. 그쪽 보고 저도 사진 좋아하니 사진전도 보러 가야겠네요."

　뉘하운 운하에서 중앙로까진 그래도 꽤 먼 거리인데, 민서에겐 자전거가 있었다.

　"그리 크진 않은 사진전이야."

　민서는 한국의 소위 명문대 중 한 곳을 다니고 있었다. 나는 '지방대' 교수다. 명문대는 이름을 묻지만 지방대는 각각의 이름이 있어도 그냥 지방대다. 학교 이름도 있는데, 이름을 묻지 않는다. 이런 이분법 양산의 대가는 역시 대중매체다. 인간은 이분법에 민감하고 민감한 곳을 건드려야 눈길이라도 한번 주기 때문이다.

　'지방대' 학생들은 입학하자마자 취업 걱정이다. 요즘 부쩍 학생상담도 많다. 학교방침도 있지만, 어떤 교수가 '청춘은 아픈 거'라며 쓴 책 때문이기도 하다. 그 책에 '고민되면 교수를 찾아가라'고 써 놓았다고 한다. 교수는 그것 때문에 월급을 받는다며. 면담 온 학생으로부터 들은 말이다. 책이 정말 많이 팔린 것도 알 수 있지만, 그 교수의 책임회피 같은 생각도 든다. 취업하기 어려운 학생들이 그런 말에 더욱 민감하게 반응하기 때문이다. 명문대야 상대적으로 취업 걱정도 적고, 정보도 많아

학생이 자기 인생 상담하러 교수 찾는 일이 흔치 않지만, 지방대는 정말 학생들이 교수들을 찾아온다. 세상 물정 잘 모르는 교수들이 학생 취업을 보장해줄 수도 없는 노릇이다. 교수야 잘 가르쳐서 번듯한 생각과 삶에 필요한 지식을 갖출 수 있게 해주면 되는 것 아닌가. 학생과의 고민 상담도 그런 삶의 방향이 되어야 하지, 졸업 후 진로상담은 관련 분야에 진출한 선배나 그쪽 전문가를 찾아가는 게 맞다. 그러나 취업률로 매년 대학들은 홍역을 치른다. 정부는 취업률로 대학을 줄 세우고 순위발표도 거창하게 하니, 취업률 올리기에 대학은 난리법석이다. 이게 큰 학문을 가르치는 대학인지 큰 시장터인지 알 길이 없다. 매년 취업률이 대학 최대의 과제이며 여기에 따라 줄 세우기 하는데 어찌 '세상을 양심적으로 살라'는 교수 한 명의 말이 먹히겠는가. 취업률은 이제 한국대학 지상 최대의 과제가 되었다.

덴마크는 어떨까. 덴마크인들이 고등학교를 졸업하고 곧바로 대학을 간다는 것은 흔한 일이 아니다. 대학에 입학하려 하지 않아 당국이 오히려 골머리를 앓는다. 고등학교를 졸업하면 일단 부모로부터 독립하고 친구들끼리 여행가는 게 통례며, 세계를 돌아다니며 여행과 아르바이트를 경험한다. 그리고 난 후 필요하면 대학에 간다. 졸업 후에 일자리를 찾는다. 물론 여기까지는 한국과 비슷하다. 그러나 그다음부터는 확연히 다르다. 졸업 후 직장을 찾기 어려울 수도 있다. 그러면 정부가 일을 찾아준다.

찾아줄 일자리가 없는데 무슨 능력으로 대학이나 교수가 일자리를 만드나. '일의 능력' 이야 개인의 책임이지만, '일의 자리' 는 사회의 책임이다. 취업률은 개인이나 대학의 책임이 아니고 정부의 책임이다. 정부보다 더 많은 네트워크를 보유한 조직은 어디에도 없다. 우리나라는 중앙정부나 지방정부의 직업소개시스템에 어마 어마한 예산을 퍼붓고 있다. 그런데 정작 취업소개는 연구에 강의에 여념이 없는 교수들에게 떨어진다. 이건 정부의 책임을 누군가에게 떠넘기는 '희생양 만들기' 정책이다.

우리나라 대학생들은 입학하자마자 스펙으로 무장하고 정부와 언론들은 사단장이 되어 '스펙보다 스토리' 라고 알듯 모를 듯한 훈시를 한 후 곧바로 '대학집단' 의 취업률 서열을 사열한다. 그것은 가히 파시즘적 유혹이다. 혼탁한 세상을 힘겨워하는 심약한 개인을 솎아내려는 우생학적 발상과 잘 통하기 때문이다.

대학은 인재의 요람이다. 아직 위험을 마구 감수할 환경에 익숙하지 않은 것이 요람의 의미이다. 스스로 알을 깰 수 있도록 기다려주고 도와주는 지혜와 용기도 필요하다. 기업에 일자리가 없다고 어찌 대학에서 스스로 알아서 일자리를 창출하라 하는가. 대학을 취업률의 노예로 만들어 한국이 궁극적으로 얻을 수 있는 것은 도대체 무엇일까. 일자리의 책임을 미안해서 슬쩍도 아니고 과감하게 대학에 떠넘기는 정부의 뻔뻔스러움을 보면 가슴이 먹먹하다.

　두 바퀴로 가는 전차

　민서는 자기가 가던 길로 다시 페달을 밟았다. 민서의 자전거가 멀어졌고 코펜하겐 시민의 자전거와 섞였다. 그 많은 자전거 속으로 민서의 자전거도 사라졌다. 정말 수없이 많은 ‘두 바퀴로 가는 전차들’, 자동차는 가격차이도 많이 나고 디자인도 확연히 구별되어 좋은 차 나쁜 차가 금방 가려지는데, 자전거는 그게 불가능하다. 다 거기서 거기다.
　우리에게 자전거란 무얼까. 자동차로 복잡한 거리에 자전거를 몰고 나왔다간 ‘루저’처럼 보여 욕먹기 십상이다. 실업자이거나 제대로 된 직업이 없어 보이는 루저다. 그러나 이곳 덴마크에선 적어도 우리나라에선 완벽한 루저들인 ‘벽돌공’, ‘목수’들이 자기 일에 자긍심을 갖고 재미까지 충만하다. 물론 의사나 판사도 자기 일에 자긍심을 느낄 수 있지만, 의사나 법률가는 ‘힘든 직업’이다. 남의 불편과 불평을 들으면서 살아야 하는 직업이다 보니 주변의 불행한 사람들과 늘 접촉해야 한다. 그래서 즐거운 삶이라기보다는 희생적 삶이다. 희생적 삶을 살 각오가 되어 있는 사람만이 그런 고된 직업을 갖는다. 그러니 마음에서 우러 나오는 존경심도 부여된다. 거룩하고 희생적 삶을 살려는 사람은 어느 나라나 그렇게 많지는 않은 것 같다. 연봉서열로 사회적 지위를 평가하면 속물로 통하는 이곳에선 희생적 삶과 직업이 연결되어야 한다는 관념이 살아있었다. 우리나라도 어딘가 찾으면 많을 것이다. 첨단문명이 닿지 않은 산골학교들 곳곳에. 덴마크나 북유럽에서 가장 인기 있는 직종을 꼽으라면 가르치는 직업이라고 한다. 늘 긍정적인 분위기 속에서 일하고 인간의 성장과 발전을 볼 수 있다는 점 때문이다. 사람을 올바른 인격체로 길러 낸다는 자부심에 주위로부터 존경까지 받는다. 이곳 덴마크 사회를 우리 식으로 표현한다면, '루저들의 역동성'으로 가득 찬 나라다.

코펜하겐 이틀날 만나기로 한 크리스창 부부도 자전거를 타고 8탈레 tallet 카페로 나왔다. 8탈레는 친환경디자인 아파트다. 거대한 아프리카 초원 같은 자연보호구역 공원을 앞에 둔 8탈레는 멋졌다. 메트로 M1의 마지막 역으로 코펜하겐 중심가에서 30분 정도 메트로를 타고 오면 북구의 초원이 펼쳐지고 8탈레 아파트와 카페가 덩그러니 그곳에 있다. 크리스창 부부는 나를 일부러 그곳으로 불렀다. 아마 관광지도에 잘 나오지 않아 따로 이곳으로 부르지 않았다면 모르고 지나쳤을 것이다. 8탈레는 자전거로 집 안에까지 들어갈 수 있게, 그리고 난방이 가장 효율적으로 절약될 수 있게 디자인된 건축물이다. 그런데도 경기가 좋지 않을 때 지어져서 내부시설에 값싼 자재를 썼다는 소문으로 그리 큰 인기는

86.st.T1
86.st.T2

없었다고 한다. 그래도 환경아파트의 상징 같은 곳이라 우리나라 대통령도 유럽순방길에 이곳을 찾았다고 한다. 미분양된 아파트인지도 모르면서. 언제 어떤 대통령이 방문했는지는 묻지 않았다.

우리는 8탈레 카페에 앉아 대낮처럼 환한 초원을 배경으로 덴마크산 칼스버그 맥주를 마시며 얘기를 나눴다. 크리스창은 한국 대학에서 1년간 교환학생으로 살아 본 경험이 있어 한국 상황도 잘 알고 있었다. 나도 덴마크에 관한 공부를 웬만큼 하고 와서인지 서로 한국과 덴마크를 비교하는데 능수능란했다. 덴마크와 한국의 공통점은 강대국 사이에 낀 나라라는 것, 처음엔 어색하나 친한 사람에겐 잘해준다는 것, 자기주장도 강하지만 공동체나 주변도 잘 챙긴다는 것 등이었다. 듣다 보니 강대국 사이에 낀 나라들의 공통점이 아닐까 하는 생각도 해본다. 덴마크도 한때는 유럽 강국이었지만 정말 한때였을 뿐이고 근대 역사의 대부분을 독일, 스웨덴, 네덜란드 같은 대국들 사이에서 '핍박받으며' 성장했다.

크리스창과는 행복에 대해 집중적으로 얘기를 나눴다. 한국과 비교해서 차이점은 꽤 많았다. 우선 덴마크인들끼리의 신뢰도가 상당히 높았다. 우리나라는 가족과 친인척 동창 등에 대해선 신뢰도가 높지만, 한국인들끼리의 신뢰도는 낮다. 그러나 덴마크인들은 상호신뢰한다. 새치기가 전혀 없다. 화장실 앞에서든 도로에서든 자전거든 새치기가 전혀 없다. 국가부패지수도 전 세계에서 제일 낮다. 그리고 솔직하다. 포커페이스가 없고 예의상 하는 말이 없다. 반면 우리에 비해 너무 느리다.

64

크리스창의 한국인 아내가 이곳 사람들은 답답할 정도로 느리다고 한
다. 남편이 집 내부수리를 하는데 몰아서 하면 일주일이면 될 것을 조금
씩 한 달 이상을 붙잡고 늘어진다고 불만이다. '느려 터졌다' 는 거다. 그
래도 그렇게 하니 큰 실수는 없고 제대로 철저하게 한다는 장점은 있단
다. 그리고 직업적 차별이 없다. 그냥 없는 것이 아니고 전혀 없다. 직업
귀천 같은 직업의 인식적 차이는 전혀 없고, 금전적 차이도 세후 연봉으
로 따지면 큰 차이가 없다. 제약회사에 다니는 크리스창의 고등학교 동
창 친구그룹 중엔 변호사도 있고 목수도 있고, 디자이너도 있다. 사회적
차별, 인식적 차별이 전혀 없기 때문에 친구로 오래간다. 한국에선 변호
사가 목수 직업을 가진 친구를 두고 있다는 건 생각하기 좀 어렵다.

　재밌게 이 두 부부와 얘기를 하다 보니 궁금한 것이 생겼다. 왜 덴마
크가 우리와 다른 그런 특징을 가지게 되었을까. 높은 신뢰도, 차별의
소멸은 어떻게 이루어졌을까. 오랜 역사적 갈등과 타협 그리고 제도적
결실이 있었겠지만 순수 덴마크인의 일상 속에 어떻게 녹아들었는지 알
고 싶었다. 그런데 그 답은 의외로 크리스창의 한국인 아내에게서 들을
수 있었다.

　"저도 처음엔 여기 덴마크 와서 잘 몰랐어요. 그런데 남편이랑 같이
살아보니까 알겠더라구요. 이 사람들 자기들끼리 서로 다 알아요. 인구도
많지 않지만, 같은 도시에 살면서 모두 다들 서로 아는 겁니다. 함께 크는
거죠. 크리스창의 아버지는 크리스창의 친구 14명을 모두 알고 있어요.

청소년 시절부터 함께 큰 거죠. 아니 함께 키운 거죠. 그래서 친구들끼리 비밀이 없고, 한 친구 건너면 사실 비밀 있는 친구가 별로 없어요. 여긴 친구 없는 게 그래서 가장 큰 문제죠. 친구를 잘 사귀는 게, 그래서 신뢰를 확보하는 게 덴마크에선 가장 중요합니다. 친구 간의 네트워크가 긴밀하고 평판을 중시하기 때문에 신뢰가 높을 수밖에 없어요. 그렇게 하지 않았다간 생활하는데 문제가 생기죠."

크리스창이 다시 스스로에 관해 얘기한다. "여기에선 거짓말 못해요. 비밀이 없기 때문에 신뢰도가 쌓일 수밖에 없지요. 더군다나 직종 간, 직업 간 차별이 없으니 청소년기에 사귀었던 친구와 계속 사귀고 관계를 깊고 넓게 할 수 있어요. 제가 한국에 유학 가서 살아보니 그게 우리랑 많이 다르더라구요."

덴마크에선 학교 다녀온 자녀가 일찍 들어오면 이렇게 이야기한단다. "나가서 친구들이랑 더 놀다 오거라."

이렇게 다를 수가. 우리는 밖에 나가 놀았다간 바로 야단맞는다. 같이 놀고 싶어도 밖에서 놀 친구들이 없다. 학원 다녀와 밤에 나가 놀려 해도 밤에 축구 할 곳이 없다. 학교운동장도 불이 꺼져 있고, 골목엔 불량배들만 서성댄다. 기껏해야 친구들이 있는 곳은 스마트폰이다. 틈틈이 채팅창으로 친구를 불러낸다.

이제 중년이 된 한 동기의 블로그에 몇 달 전 뜬 글이다. "초등학교 시절부터 지금까지 쭉 친한 40년 지기 친구 몇 명이 있다. 그 중 한 친구 아버지가 어제 돌아가셨다. 1학년 때 만나 '서로의 집에 놀러 가기'로 시작한 우리의 우정은 중고등학교 시절 무렵에는 자매처럼 지내는 사이가 되었다. 난 거의 그 집 딸처럼 그 집을 드나들었다. 과외가 금지되었던 시절이라, 따로 학원에 다니지 않았던 덕에 공부한다고 맨날 우리 집과 친구 집들을 몰려다니며 공부를 빙자한 밤샘 수다를 일삼았다. 그 아버지는 참으로 세련된 분이셨다. 지금의 한류처럼 내가 고딩이었던 시절의 한국 소녀들은 일본 가요를 좋아했다. 충무로에 가면 음성적으로 만들어진 비디오테이프를 빌려 올 수 있었다. 우리나라 방송무대와는 째비가 안 되는 세련된 무대와 안무, 레이저 쇼 등을 넋을 잃고 보았다. 재일교포출신 히데끼를 유난히 좋아했던 딸내미를 생각해서 그 비싼 소니 베타 비디오 플레이어를 사주셨다. 그렇다고 친구 집이 재벌집, 사장 집도 아니었다. 그냥 보통보다 조금 넉넉한 정도였던 것으로 기억한다. 그저 딸이 좋아하는 걸 적극 후원하는 아버지였다.

충무로에서 만나 함께 테이프를 빌린 후 그 집으로 몰려가 일본 가요 탑 텐, 홍백 쇼를 보았다. 정말 멋졌다. 친구 엄마는 딸내미 친구들을 위해 맛난 저녁을 해주셨다. 일본 가수들의 세련된 외모에 열광하는 딸내미 친구들에게 밥 먹고 보라며...

이제 엄마가 된 난 도저히 할 수 없는 일이다. 아들 친구들이 고딩 때 외국가수들 공연을 보겠다며 옹기종기 TV 앞에 모여 놀고 있으면 내가 이뻐라 하면서 맛난 음식을 해줄 것인가. 정말 요즘 아이들이 가엾다...”

이제 나이 50이 된 한 친구의 34년 전 16살 때, 그러니까 1970년대 후반의 이야기다. 우리에게도 지금의 덴마크와 같은 시절이 과거 수십 년 전에 있었다. 그 서슬 퍼렇던 군부독재시대에 말이다.

청소년기에 나가 놀라고 하는 이유는 친구를 잘 사귀라는 말이다. 외톨이가 되지 말라는 얘기다. 네트워크는 살아가는데 아주 중요하다. 직장에서 일할 때뿐만 아니고 개인의 행복도 네트워크가 좌우한다. 촘촘한 네트워크에서 신뢰가 나오고, 이 신뢰를 바탕으로 ‘몰수에 가까운’ 높은 세금도 기꺼이 지불한다. 모두 서로 믿으니 공공부문에 종사하는 사람들에 대해서도 자기 역할을 충실하게 할 것을 굳게 믿는다. 세금이 제대로 쓰일 걸 믿는 거다. 세금을 내는 것이 뭔가를 뺏기는 기분이 아니라 서로 돕는 기분이라 기분이 절대 나쁘지 않다. 기꺼이 세금을 내는 것과 꺼려하며 내는 느낌은 어떻게 다를까.

중견기업을 경영하는 내 절친은 세금을 많이 내서 국세청장상을 받았다. 크게 칭찬받을 일이다. 그런데 친구들 모임에서 어떤 친구가 상 받은 일에 한마디 던진다. “너 회사 직원들 월급 챙겨주는 것도 힘들 텐데 공무원들 월급까지 챙겨 주냐?” 친구 생각에 던진 말이었지만 우리 사회의 단면이기도 하다. 이러니 공무원도 힘들고 서럽다. 서로가 불신하는 시대에 공무원들도 자신을 알아 달라 졸라대는 방식을 쓸 수밖에 없다. 무더운 삼복더위에 에어컨도 켜지 못하고 1시부터 4시까지 에너지를 절약한다며 부채로 버티는 공무원들을 보니 더욱 그렇다. 사실 굳이 꼭 뭔가를 보여줘야 한다면 공무원들도 반바지 입고 핫팬츠 입고 상의 티 하나 걸치고 근무할 수 있게 하면 된다. 공무원들이 행복하게 열심히 일하면 국민도 행복하다. 즐겁게 봉사하는 사람들이 주변에 많으면 나도 행복해지기 때문이다. 그런데 그런 공무원들을 째려보는 사람들이 많다. 내 자식 공무원 시험에서 떨어지고, 저들은 꼬박꼬박 월급 받아먹는 사람이고, 그래서 내 세금이 아깝다고 생각하는 사람들 때문에 공무원들은 무더위에 에어컨도 없이 팍팍하게 일한다. 정확히 말하면 덥게 인상 찌푸리며 일하는 모습을 전시해야 한다. 그러나 그런 전시는 더운 날씨에 금세 부패한다. 멋지게 봉합해도 속이 썩는다. 드러내고 고치다 보면 서로 신뢰가 쌓이고 그러다 보면 진정 좋은 삶의 방향까지 함께 고민할 수 있는데 그럴 자신이 없다. 사람들은 문제에 관심이 없고 오직 답에만 관심이 있다. 나의 답과 다른 사람의 답을 비교하는데 관심을 집중한다. 오직 결과에만 관심이 있을 뿐이다. 문제는 답을 내는데 있지 않다. 문제가 뭔지 아는데 있다.

우리는 초등학교에서 맨 처음 5+4=? 라는 문제를 낸다. 답은 하나다. 반면 덴마크는 첫 산수문제가 ?+?=9라는 문제라고 한다. 답은 여러 개고, 답이 아니라 문제를 찾는 것이 먼저다. 우리도 물론 이 정도는 이제 따라한다. 초등학교 교과서가 창조적으로 바뀌었다고 한다. 그러나 문제는 철학의 차이다. 어떻게든 흥미를 갖도록 하여 스스로 생각하고 스스로 무언가 만들어내도록 하는 창의성 중심의 교육철학 말이다. 우리도 그런 것 다 있다고 하면 그만이지만, '유명무실'한 것과 '실사구시'는 완전히 다른 철학이다.

어릴 적 그들은 안데르센 동화를 읽으며 컸다. 우리는 '어린이 삼국지'를 읽으며 컸다. 어릴 때부터 배우고 익힌 것이 다르니 커서도 달라지는 것은 당연하다. 우리의 영웅은 이순신이고 그들의 영웅은 안데르센이다. 우리는 비정하고 강직한 영웅을 좋아하고 그들은 섬세하고 예민한 작가를 좋아한다. 이순신과 안데르센, 둘이 링에서 싸우면 이순신이 이기겠지만, 놀러 간다면 안데르센이 더 재미있어할 것 같다. 이순신은 큰 칼 옆에 차고 광화문 한복판을 근엄하게 바라보지만, 안데르센은 거리 한쪽에 삐딱하게 앉아 티볼리 테마파크를 바라본다. 롤모델이 서로 다른데, 생각이 다르고 목표가 다르고 인생이 다를 것이다.

TIVOLI
ST EAT

17
illy
illy

세 번째 생각, 벌레를 예쁘게 보는 법

"정말 차별이 없다구요? 거짓말 마세요. 어떻게 사람이 사람을 보는데 차별이 없을 수 있나요. 정말 목수와 의사가 차별이 없다구요? 물론 덴마크니까 살인적인 세금 때문에 세금 주고 나면 수입이 비슷할 수도 있겠지만 그래도 사람들 보는 눈은 의사와 목수가 당연히 다를 거 아닙니까?"

나의 공격적이면서도 살짝 거친 말에 크리스창은 그냥 빙긋이 웃었다. 아마 한국 사람에게선 당연히 나올 말로 짐작한 듯하다.

"여긴 다르게 볼 게 없는데요. 그냥 같은 직업이지요. 직업에 뭐가 좋고 나쁘고가 있습니까. 자기들이 좋아서 선택한 것인데요. 의사 일이 좋은 사람은 의사를, 목수 일이 좋은 사람은 목수를 하는 것이지요. 스스로 좋아해서 하는 것인데 그것 때문에 차별한다는 건 말이 안 되죠. 옛날 중세 시대도 아니고 말이죠.”

하긴 루소의 〈에밀〉에서도 이 세상 최고의 직업은 목수라고 했지.

“좋습니다. 직업에 차별이 없다면 뭔가 다른 차별은 있을 거 아닙니까.”

이런 식으로 질문하는 내가 싫었다. 그만하고 싶은 생각이 든다. 그래도 여기까지 왔는데 해야지.

크리스창은 한참을 생각했다. 생각하는 크리스창을 보고 있자니 미안하고 송구하다. 차별이 당연한 한국 사람을 만나 차별 없는 사회를 이해하지 못해 차별이 있는 무언가를 생각해보라고 강요당하고 있으니.

크리스창이 운을 떼었다.

“생각해보니 그래도 남녀 간의 차이는 좀 있다면 있는 거 같습니다. 남자가 조금은 더 벌어야 한다는 생각은 있는 것 같은데 이것도 사실 거의 없어요. 그나마 북유럽에서 덴마크가 그런 남녀유별 의식이 약간 있는 편인 것 같아요. 스웨덴과 핀란드, 노르웨이 같은 곳은 아예 없다고 보면 됩니다. 사실 차별적인 것을 찾아보라고 하니 찾는 거고 남녀 간의 차이에 대해 전혀 생각하지 않는 사람도 많지요. 그래도 남자들 입장에선 내가 부인보다 조금은 더 벌어야 하지 않을까란 생각이 들기도 해요.”

이런 나라가 지구상에 있구나. 물론 이는 덴마크사람들끼리의 문제다.

아마 아시아인이나 외지인까지 포함해서 차별문제를 얘기한다면 달라질 수도 있겠다. 그러나 지금은 이민의 문제가 아니라 함께 살아가는 사람들 이야기다. 우리에겐 같은 민족, 같은 주민끼리 함께 살아가기, 그것조차도 너무 버겁기 때문이다. 사실 다양성을 인정하는 사회가 차별도 없다. 그냥 차이일 뿐이다. 그걸 서열화할 이유가 없다.

우리는 직업의 서열화에 익숙하다. 엄연히 존재하기 때문이다. 그것은 수능의 대학학과배치표에서 시작된다. 대학과 전공별 순위들은 정확히 그 직업의 연봉과 일치한다. 대학입시 점수의 전공배치표가 우리 사회의 계급배치표다. 점수와 순위로 인간의 직업과 미래가 결정된다. 이러니 사람들의 삶이 즐거울 리 없다. 즐겁기 위해 열심히 노력하지 않았다간 한순간에 순위 밖의 세계로 튕겨 나가 마이너리그로 전락한다. 우리 사회는 너무 거칠다. 적당히 거친 것은 그것을 견뎌낼 수 있는 용기를 주지만, 너무 거친 것은 견뎌내고자 하는 의지를 앗아간다. 파괴력이 강한 사회는 폭발력도 강하다. 거리에서, 차도에서, 지하철에서 욱하고, 윽박지르고, 악악대는 분노의 광경을 우리가 자주 보는 것도 어쩌면 순위 밖에 사는 세상 사람들의 당연한 풍경인지도 모르겠다.

뒤바뀐 역겨움

덴마크인들의 비차별에 대한 선험적 인식은 도대체 어디서 비롯된 것일까. 정치적 역사에서 보자면, 정치, 경제, 성, 교육, 가부장 등 모든 분야에서의 권위 타파와 인권, 평등을 외쳤던 68혁명이 그 모태이자 계기가 되어 제도화로 뿌리내리고 결국 사람들의 인식을 바꾸는 데 결정적이었을 것이다. 그러나 더 결정적 역할은 바로 역겨움의 감정을 뒤바꾸는 것이었다. 역겨움은 유전이 아니라 문화적 학습이었다.

차이는 어떤 장치들을 통하여 차별로 이행된다. 수평적인 것도 90도만 돌리면 수직적인 것이 되니까. 서열 매기기는 어렵지 않다. 여기저기 많은 차이를 범주화시키고 그다음에 숫자를 매기고 그 숫자에 따라 서열을 매기면 된다. 차이에서 범주화로, 범주화에서 숫자로, 숫자에서 서열로 가는 것이다. 숫자 자체가 바로 서열은 아니다. 1은 9보다 작은 숫자이지만 1이 첫 번째로 더 높은 숫자를 상징할 수 있다. 기수와 서수의 차이다. 하나와 첫째의 차이다. 하나 둘 셋 넷. 첫째 둘째 셋째 넷째. 기수는 숫자일 뿐이나 서수는 서열이다. 우리가 나이를 셀 때 오십이라고 안 하고 쉰이라고 하는 것도 장유유서의 문화다. 젊은이의 나이를 '이십 살'로 말하든 '스무 살'로 말하든 어법상의 문제이지 큰 문제가 안 되지만 늙은 아저씨 나이를 육십 살이라고 하면 예의에 어긋나 보인다.

예순이라고 해야 뭔가 제대로 발음하는 것 같다. 물론 지금 젊은이들에겐 육십이나 예순이나 같다.

푸코는 〈말과 사물〉에서 이렇게 말한다.

"우리가 하나의 분류를 정립할 때 고양이와 개가 비록 둘 다 애완용으로 길들여진다 해도, 미친 듯이 달린다 해도, 방금 항아리를 깨뜨렸다 해도, 두 마리의 그레이하운드보다는 서로 덜 닮았다고 우리가 말할 때, 이를 사실로 확증하게 해 주는 토대는 도대체 무엇일까? 어떤 도표 위에 어떤 동일성, 유사성, 유비의 공간에 따라 우리는 서로 다르고 비슷한 그토록 많은 사물을 관례적으로 배치하게 되었을까. 선험적이고 필연적인 연쇄에 의해 결정되지도 않고 직접적으로 감지될 수 있는 내용에 의해 부과되지도 않는 이 일관성은 무엇일까."

어린이는 3살 이전까지 똥을 너무나 좋아하고 사랑한다. 그러나 4살만 되면 똥에 대해 거부감을 느낀다. 왜 우리는 그런 거부감을 느끼는가. 왜 지저분하고 제대로 된 옷을 걸치지 않은 노숙자들을 보면 역겨울까. 왜 지위가 낮고 볼품없고 가난한 사람을 보면 가까이하려고 하지 않는가. 왜 그런 생각이 즉각적이고 본능적으로 우리 생각에 꽂혀있을까.

스티븐핑커에 의하면, 역겨움은 명백히 비합리적이다. 역겨운 것을 먹는다는 생각을 하면 구역질을 느끼는 사람들은 그것이 비위생적이거나 해롭기 때문이라고 말한다. 그러나 그들은 구석구석을 깨끗이 소독한 바퀴벌레를 찬장 속의 바퀴벌레와 똑같이 혐오스럽게 생각하고, 만일 소독한 바퀴벌레가 음료수 안에 풍덩 빠지면 음료수에는 입도 대지 않는다. 사람들은 한 번도 안 쓴 소변 병에 담긴 주스를 마시지 않는다. 그래서 병원 주방에서는 이런 방법으로 좀도둑을 예방한다. 사람들은 한 번도 안 쓴 변기에 담긴 수프, 새 빗이나 파리채로 저은 수프를 먹지 않는다. 대부분의 사람은 돈을 준다고 해도 개똥 모양의 캔디를 먹거나 구토물 모양의 고무를 입술로 물지 않는다. 자기 자신의 침은 입안에 있을 때에만 역겹지 않아서, 대부분의 사람은 수프에 침을 뱉은 다음에는 그 수프를 다시 먹지 않는다. 사람들은 곤충이 배설물이나 쓰레기 위에 앉기 때문에 더럽다고 말한다. 그러나 많은 곤충이 아주 위생적이다. 예를 들어 흰개미는 단지 나무를 갉아 먹지만, 서양 사람들은 흰개미를 먹는다는 생각에도 메스꺼움을 느낀다. 흰개미를 맛난 음식의 대표격인 닭고기와 비교해보라. 그런데 닭은 종종 음식 찌꺼기와 배설물을 먹는다. 곤충을 요리해보라. 소화가 안 되는 날개와 다리가 달려 있다고? 새우 껍질을 벗기는 것처럼 그런 건 떼어 버리든지, 아니면 굼벵이와 구더기만 고집하라.

바퀴벌레가 많은 병원균 전파의 주범으로 낙인찍힌 것도 알고 보면 억울한 누명이다. 그들은 주로 하수구나 쓰레기 더미, 싱크대의 후미진

곳 등 더럽고 비위생적인 곳에서 발견된다. 그러나 다시 생각해 보면 그 것들은 인간이 더럽혀 놓은 지저분한 환경에 살고 있어 더러워진 것이 지, 그들이 환경을 지저분하게 하는 것은 아니다. 오늘날 곤충에 대한 우리의 역겨움은 대부분 오랜 관습에서 비롯되었다.

역겨움의 감정은 보편적이지만 역겹고 역겹지 않은 동물의 목록은 문화마다 다르다. 이것은 결국 역겨움이 학습과 관계가 있음을 의미한다. 두 살 미만의 아이들에겐 배설물에 대한 반감이 없다. 심리학자 로진의 실험에 따르면, 걸음마 단계의 아기들 중 62퍼센트가 개똥 모양의 과자를 먹고 31퍼센트가 메뚜기를 먹자 지켜보던 부모들은 경악했다. 역겨움은 역겨운 물체에 다가갈 때 부모로부터 꾸지람을 듣거나 부모의 얼굴에서 꾸짖는 표정을 볼 때 학습되는 것 같다고 로진은 설명한다.

진짜 역겨운 벌레는 우리 머릿속에 있을 수도 있다. 전 세계는 일 년에 35억 달러 이상의 돈을 곤충 박멸에 쓰고 있다. 그러나 인간에게 정말로 위험한 것은 해충들이 아니라, 유독성 화학약품을 퍼붓고 있는 우리 자신들이다. 과다한 DDT 살포와 항생제의 남용으로, 대부분 지역에서 말라리아가 오히려 30여 년 전보다 더 극성이다.

우리 스스로는 어떤가. 이제 그 벌레는 우리 옆방에 들어앉았다. 카프카의 소설 〈변신〉에서 벌레로 변해 철저히 소외되는 주인공 그레고르처럼 우린 그 벌레를 역겨워한다. 못생기고, 키 작고, 뚱뚱하고, 촌티 나고, 돈 없는 사람을 역겨워하면 내 주변에 다가오지 않아 나는 깨끗해질 수 있다. 그러나 나에게 뿌려진 과도한 항생제는 면역성을 상실한 나의 정신을 노출할 뿐이다. 시간이 지나면 나 또한 그 벌레로 변신한다. 늙고 병들어가는 인간에게 젊음이란 한 때의 잔치일 뿐이다.

가로수 은행이 누런색의 단풍을 발산하던 때 이촌동의 스타벅스 카페에선 전동 휠체어를 탄 허름한 옷의 노부부가 들어와 앉는다. 얼마 후 그 주변에 사람들이 그냥 그 자리를 떠 어느새 썰렁하다. 슬금슬금 도망간다고 말하는 것이 더 맞다. 그 많은 장애인이 이동하려면 휠체어가 필요할 것이고 카페에 와서 커피를 마시는 일도 흔하고 평범할 것이다. 그러나 우리 주변에서 그런 모습을 보기란 어렵다. 왜 그럴까. 커피숍의 사람들도, 장애인 자신도, 커피숍에서 휠체어에 앉아 커피 마시는 게 이상하게 보이는 것이다. 왜 그럴까. 왜 우리는 같은 인간에게 벌레 씹은 표정을 지어야 할까. 그 표정은 어릴 적부터 자기 머릿속에 벌레를 집어넣고 있다가 언젠가 특정한 장소에서 역겨운 사람을 만나면 파블로프의 개처럼 정확히 그것을 드러내기 때문이다. 얼마나 많은 부모가 서울역의 노숙자를 보며, 지하철 안의 행상인을 보며, 일하지 못하는 젊은 친구들을 보며, 자식들에게 '너도 공부 안 하면 저런 사람 된다' 며 역겨움의 리스트를 작성했을까.

SLAGTER JENSEN
Bøf gården
PIZZERIA

KLUD

코펜하겐에서 1시간 떨어진 작은 도시 헬싱괴르의 6월 어느 저녁, 아담한 거리의 카페들에 사람들이 붐빈다. 그 카페에 중년의 아내와 휠체어를 탄 남편이 노천카페 의자에 앉았다. 그리고 아이스크림콘을 하나 시킨다. 주문해서 나온 아이스크림을 남편 입으로 가져가선 천천히 한 입 두 입 먹여준다. 가까이서 보기가 민망해 멀리서 그 모습을 바라본다. 인어공주의 남편 도시 헬싱괴르의 카페에서 전신마비의 남편에게 아이스크림을 먹여주는 중년 부인의 모습이 아이스크림처럼 달콤하다. 갑작스레 '비정상 인간'에게 쉽게 역겨움을 느끼는 우리네 한구석이 먹다 버린 아이스크림처럼 역겹다.

쓰레기를 예쁘게 보는 법

코펜하겐 거리를 걷다가 입구가 쓰레기 더미로 쌓인 작은 건물과 마주쳤다. 저건 뭐지? 버려진 건물인가? 혹시나 해서 다시 보니 시립박물관이다. 다가가 시립박물관인 줄 알게 되었을 때, 바로 그때 쓰레기 더미는 더 이상 쓰레기가 아니었다. 예술작품으로 다시 다가왔다. 아마 그런 쓰레기 더미가 코펜하겐 거리 여기저기에 있었다면 아무리 미술관 입구라 해도 그냥 쓰레기 더미가 쌓여 있는 것으로 보였을 테지만, 깨끗한 코펜하겐의 거리에, 거기에다 미술관이라고 하니 쓰레기 더미가

갑작스레 예술작품으로 변했다. 그리곤 사람들에게서 나오는 말, "야 특이한데? 역시 창조적이야!"

창조적 도시란 말은 무얼까. 사람들에게 어떤 이미지로 다가와야 할까. 그건 도시의 일부분이 아니고 도시 전체가 창조성의 맥락 속에 있어야 하고, 그런 창조적 분위기 속에 부분들이 존재할 때만 우리는 창조성이 풍부한 도시라고 말할 수 있을 것이다. 많은 사람이 좋은 미술관, 좋은 박물관, 특이한 시설물들을 만들어놓으면 그게 도시의 창조성이라고 오해한다. 그러나 창조성은 다름을 받아들일 수 있는 여유이며, 그런 여유는 일상의 삶 전체, 도시 공간 전체로부터 부여된다. 쓰레기더미의 미술관 입구가 지저분한 거리와 도시에 있었다면 아무도 그것을 작품으로, 즉 창조적 시도라고 생각하지 않는다. 짜증만 더 증폭된다. 마찬가지로 도시는 삶의 질과 삶에 여유를 주는 조건을 갖출 때 새로운 것을 받아들이는 관용도 늘어나고 창조성이 움틀 수 있는 기반도 마련된다.

코펜하겐시 정 중앙에 쓰레기 발전소도 있다. 아마포브랜딩이란 곳인데, 우리로선 이런 혐오시설이 대도시, 수도 한가운데 있다는 것이 믿어지질 않는다. 물론 공기정화부터 모든 시설이 공해를 방출하지 않도록 설계되어있다. 우리는 공해방출이 전혀 없다 해도 혐오시설이므로 집 주변에는 절대 지을 수 없다. 덴마크는 이런 재활용에너지로 전체 전기의 20%를 충당한다. 쓰레기 발전소는 핵발전소를 대체하고 에너지 재활용에 기여한다. 인간 환경에 기여하고 궁극적으로 삶의 질에 좋은 영향을 미친다.

창조도시는 삶의 질이 높다. 또한 창조성은 다양성이고, 다양성은 관용과 사회통합으로부터 유래하며 그런 문화적 분위기는 다시 인간의 삶을 풍성하게 한다. 익명의 타인들에게 적대감이 없으니 공공장소에서도 안정감을 느낀다. 창조도시는 그래서 성장이라는 경제적 동인보다는 일상생활의 안정과 관용이라는 문화적 동인을 중요시한다. 성장의 한계시대에 성형기술, 의료기술 같은 차세대 유망산업으로 창조도시가 될 수는 없다. 다양한 영역들이 서로 소통을 이룰 수 있는 기반이 중요하다. '다양하다'는 것은 첫째로 수가 많고, 둘째로 종류가 많고, 셋째로 그 많은 수와 종류가 서로 균형 있게 세력을 유지하는 것이다. 이 세 가지의 다양성이 존재할 때 우리는 이것을 창조적 환경이라고 말한다. 창조성은 작은 것들이 서로 움터 나오려고 하는 역동적 공간이고 그래서 생태계의 순환이 이루어지는 공간이다.

그러나 우리 도시들은 별로 그렇지 못하다. 작은 것들은 큰 것에 밟혀 존재하기 어렵고 늘 바뀌고 사라지며 용케 존속하는 것들도 때로는 큰 것에 아예 먹혀버린다. 물론 큰 것이라고 자발성과 창의성이 없으란 법은 없다. 그러나 큰 것들이란 의사결정을 할 때 여러 가지 사안이 올라오기 때문에 우선순위를 중시한다. 중요치 않은 것과 중요한 것을 나누고 서열을 매긴다. 순위 아래쪽 작고 힘없는 것은 쉽게 무시되고 사라진다. 반면 작은 것들이 역동성을 갖는 환경에서는 차별이 제거된다.

차별이 제거되면 여기저기 햇볕이 닿아 다양성은 자연히 뿌리를 내린다.

목수를 예쁘게 보는 법

덴마크에는 우리나라와 달리 목수가 되려는 사람들이 많다. 직접 가구를 디자인하고 인테리어하려는 사람이 많고 스스로 자기 집을 꾸미고 때로는 스스로 집도 만들 수 있기 때문이다. 목수 같은 장인(craftsman)이 많으면 물질문화와 도시문화도 번성한다. 나무, 철 등의 재료로 집, 가구, 건물, 예술작품, 간판 등을 만드니 거리가 아름다워진다. 스스로 즐길 수 있는 성과물(output)을 만들 수 있다면 행복을 즐기는데 아주 유리하다. 우린 어릴 적 장난감으로 벽돌을 쌓고 집을 짓고 동네를 만들고 기차를 만드는 일에 얼마나 즐거워했는가. 그러나 커가면서 그런 직종은 밥벌이가 어렵고 제대로 대우받을 수 없다고 교육받는다. 만약 그런 일을 내가 너무 좋아한다 해도 그냥 좋아할 뿐 본업으로는 절대 불가다. 덴마크에서는 직업차별이 없다. 그러나 그것은 결과일 뿐이다. 그렇게 직업차별이 없도록 만든 여러 가지 요인이 있다.

이곳 덴마크에선 절대 연봉을 묻지 않는다. 묻는다면 예절도 모르고 돈밖에 모르는 속물이다. 모르는 사람들이 처음 만나는 자리에서도 제일 먼저 하는 질문은 물론 이름이고 그다음엔 직업이 아니다. 이름 다음엔

'좋아하는 스포츠가 뭐예요 What sports do you like?' 이다. 덴마크에 사는 한 미국작가는 덴마크와 미국의 파티에서 가장 큰 차이가 이 질문이라고 한다. 미국은 이름 다음 바로 직업을 묻는 경향이 있다. 그러나 덴마크에서 직업 질문이란 그 다음다음 차례 정도 된다. 차별하지 않기 위해 의식적인 노력을 기울인다. 그런 의식적인 노력이 직업차별이 없는 사회적 분위기를 만들어 사람들의 직업선택권을 존중하게끔 만든다. 직업차별이 없기 때문에 자기가 좋아하는 일을 선택해서 직업으로 삼을 수 있는 것이다. 커가면서 스스로 좋아하는 일을 찾으려 하고 그것을 직업으로 삼는 것이 너무나 자연스럽다.

우린 어떤가. 직업 선택이란 내가 좋아하는 것과는 거리가 멀다. 가장 큰 우선순위는 사회적 대우, 연봉, 안정성 등이다. 아마 자신의 적성은 네 번째나 다섯 번째 정도다. 그래서 기업들이 입사시험에 적성검사를 하는지도 모르겠다. 자기가 좋아해서 입사지원을 했는지 아닌지도 모르는 사람들이 태반이니 그걸 걸러내려고. 우리도 진정 적성에 따라 직업을 선택할 수 있는 날이 온다면 명실상부한 선진국이 될 것이다. 대학에 와서야 적성을 찾으려 하지만 이미 너무 멀리 와버려 우왕좌왕 무엇을 해야 할지 몰라 남들 하는 것과 똑같은 판박이 스펙 쌓기에 몰두할 수밖에 없다. 그러니 삶이 행복할 리가 없다. 자기가 좋아하는 일을 하면서 돈도 벌고 사회에 기여할 수 있다면 그것만큼 행복한 나라가 어디 있겠는가. 그러나 만약 우리가 청소년기에 자기가 스스로 좋아하는 것이

무엇인지 발굴하려 하면 이건 시간 낭비가 된다. 국·영·수를 해놓아야 나중에 대기업과 공무원입사를 위한 과업에 써먹을 수 있다. 때를 놓쳤다간 낙오자가 될 뿐이다.

그런데 덴마크는 국·영·수 없이, 세계적인 대학 하나 없이 선진국이 되었다. 목수 일을 하나의 예로 들어보자. 목수 일은 고난도의 국·영·수가 필요 없다. 세계적인 대학에서 가르칠 이유도 없다. 그러니 우리에겐 목수 일이란 무시 받고 차별받는 일이다. 그러나 덴마크는 목수가 되겠다는 사람에게 눈살 찌푸리는 사람이 아무도 없다. 그렇다면 목수라는 직업인으로만 치면, 목수가 되려는 덴마크인이 목수가 되지 않으려는 한국인보다 국가 경쟁력부터 국민 행복도까지 모든 것에 앞서 갈 것이다. 덴마크를 잘 몰라도, 한 번도 듣거나 본 적이 없어도, 분명 목수를 직업으로 하는 사람은 한국보다 덴마크에서 더 행복할 것이 분명해 보인다. 물론 변호사는 덴마크보다 한국에 사는 게 더 행복할 듯하다. 직업의 사회적 차별이 엄연히 존재하는 한국에서 변호사란 좋은 평판이 쏠리는 직업이니까. 그렇다면 목수 일로만 치면 한국인보다 덴마크인이 더 잘할 것이고 변호사로 치면 한국인이 덴마크인보다 더 잘할 것이다. 목수는 우리보다 더 즐겁게 일할 것이니 우리보다 생산성이 더 높을 것은 분명하다. 변호사는 우리가 더 즐겁게 일할 것이니 덴마크보다 생산성이 더 높을 것이다. 물론 개인마다 다 다르고 다른 요인도 있겠지만 이것만 단순하게 일단 보자. 그렇다면 덴마크는 목수만 우리보다 일을 더 잘할까? 우리나라의 경우엔 변호사만 덴마크보다 일을 더 잘할까?

루스 베네딕트는 그녀의 저서 〈문화의 여러 유형〉에서 이렇게 말한다.

"나는 지금까지 마치 인간의 기질이 세계에 걸쳐 상당히 일정한 것으로, 모든 사회에 걸쳐 잠재적으로 대충 비슷한 분포를 얻을 수 있는 것처럼, 또 그 가운데에서 선별된 몇몇 문화들이 그 전통적 유형들에 따라 거대한 다수의 개인을 획일적으로 형성해왔던 것처럼 이야기해왔다. 이러한 해석에 따르면 어느 인간 집단에서나 예를 들어 접신의 황홀경(trance)을 체험할 수 있는 수의 사람은 잠재적으로 일정한 수로 동일하게 존재한다는 것이다. 만약 그러한 체험에 명예와 보상이 주어지면 상당한 비율의 사람들이 그것을 달성하거나 그러한 체험을 흉내 내려 들 것이다."

모든 직업에 접신의 황홀경을 만들면 지속적으로 부가가치들을 창출해낼 수 있다. 좋아하는 가지 수의 직업이 많을수록 그 직업마다 경쟁력 있는 인재들이 더 많을 것이기 때문이다. 물론 우리에게도 좋아해서 선택하는 직업들이 있다. 변호사부터 판검사, 의사, 공무원, 교사, 대기업 직원, 유명연예인들이다. 그런데 다 해서 6개다. 우리가 좋아해서 선택하는 직업이란 사회적 평판이 좋은 직업들이기 때문이다. 물론 인심 써서 10배를 더 쳐준다 해도 60개다. 전체 한국의 직업을 9천 개로 쳐도 1%에도 미치지 못한다. 인력이 경쟁력을 결정하는 시대에 우리가 좋아서 선택하는 직업이 고작 60개라면 경쟁력을 말하는 그 자체가 우습다. 물론 그것보다는 더 많을 수도 있겠지만 좋은 평판을 가진 선택된 직업은 제한될 수밖에 없다.

덴마크는 모든 직업에 차별이 없고 남들의 평판보다는 스스로가 좋아하는 직업을 선택할 수 있는 다양한 제도를 갖추고 있다. 좋아서 선택한 직업 9,000개 대 60개. 이렇듯 산업인력의 내적 동기에서부터 큰 차이가 난다면 경쟁력 비교까지 갈 필요도 없을 듯하다. 당장 가축을 키워 치즈를 만드는 일만 하더라도 우린 농부라면 사회적 지위가 낮고 떠밀려 어쩔 수 없이 돈 벌려고 하는 일 정도로 친다. 반면 덴마크 농부는 좋아서 스스로 선택한 직업이다. 그렇다면 한국의 농부와 덴마크의 농부 중 누가 더 좋은 품질의 우유와 치즈를 만들까. 또한 세상은 변하고 직업도 변한다. 어떤 직업은 뜨고 어떤 직업은 사라진다. 아무리 사회적 평판이 좋은 직업이라 해도 언젠가는 사라지거나 필요 없어질지 모른다. 전체 생태계를 보면 어느 나라가 더 경쟁력 있는 인력을 갖게 될지 불 보듯 뻔하다. 좋아서 선택하는 직업이 많아질수록 내적 동기가 충만한 인력이 넘쳐나고 국가경쟁력은 일취월장할 것이다. 덴마크는 1인당 세계 최고의 특허출원 및 특허획득 국가가 되었다. 변변한 대기업 하나 없고 작은 기업들만 촘촘히 모여 있는 나라인데도, 미국, 영국, 일본보다도 1인당 특허 수가 더 많다. 국가 경쟁력은 다양한 직업군들의 탄탄한 인력에서 유래한다.

도대체 우린 무엇을 위해 과도한 경쟁과 동기 박탈의 교육 제도를 계속 끌고 나가는 걸까. 물론 이런 제도하에서 이득을 보는 세력이 분명 있을 것이다. 그러니 제도가 쉽게 바뀌지 않겠지. 5년마다 우린 국가경쟁력을 높일 수 있는 국가리더와 세력을 뽑는다. 언젠가 우리도 직업이란 좋아하는 일을 하는 것이고 그런 선택이 존중받는 사회시스템을 짜겠다는 리더를 맞이할 것이다. 그 리더는 지금 어디에 있는가. 그는 무슨 생각, 무슨 일을 하고 있을까. 열심히 어디에선가 땀 흘리며 가난한 이들을 위해 봉사하고 있지 않을까. 그게 아니고 혹시 지금 아장아장 겨우 걷고 있다면, 아, 눈앞이 캄캄하다.

네 번째 생각, 예측 가능한 삶은 재미없을까

네덜란드 영화를 봤다. 제목은 정확히 기억나지 않는데, 친구의 결혼
식에 참석했던 사람들이 함께 여행하면서 벌어지는 에피소드를 다루고
있다. 이들은 함께 어떤 마을에 들른다. 그 마을은 나체촌이다. 옷 입은
이들이 나체촌에서 벌이는 황당하고 코믹한 얘기들. 근데 정말 모든 배
우가 실오라기 하나 걸치지 않고 3살부터 여든 살까지 세대에 상관없이
모두 나체로 나온다. 처음엔 헉하다가, 영화에 몰입하고 얼마 안 지나니
아무렇지도 않다. 눈을 어디다 둘지 몰랐던 황당함도 사라지고 시선도
자유로워진다. 영화 안에서 가끔 나오는 옷 입은 사람들이 오히려 이상

하게 보인다. 문화와 제도도 그런 것이다. 2시간짜리 영화도 몰입해서 어느 정도 시간이 지나면 모든 것이 자연스러운데 하물며 수십 년 수백 년 지속된 문화와 제도는 말할 필요도 없다. 우리는 익숙한 것을 의식하지 못한다. 그 말은 익숙한 것이 우리를 지배한다는 뜻이다. 우리에겐 덴마크 사람들이 이상하다. 덴마크 사람들은 우릴 이상하게 생각한다. 어떻게 저런 '비합리적 국가의 강압'을 인내할까. 그들에겐 그게 익숙하고 자연스러운 일이다. 제도와 문화가 오래되면 인간은 적응하고 적응하면 익숙하고 익숙하면 동화된다. 그래서 제도는 설사 제도주의의 덫에 갇힌다 하더라도 한 사회의 틀과 사람의 의식을 형성하는데 가장 중요하다. 젊은이에게 최고급 자동차란 한국에서는 자랑거리지만, 덴마크에선 고가여서 자랑하면 속물적이다. 한국에서 이 비옷 공짜예요? 라고 물어보면 예의 바른 것이지만, 이곳에서 그렇게 물어보면 당연한 권리를 행사하지 못하는 꽁생원 같다.

안데르센의 흔적을 찾기 위해 오덴세 역에 도착한 날, 비가 내렸다. 터미널 저쪽에서 우비를 파는 것 같다. 우비를 보려고 근방에 갔는데, 앞사람이 그냥 받아간다. 돈을 안 낸다. '어? 이거 공짜인가?' 그런데 앞사람이 아무렇지도 않게 그냥 받아가서 '이거 뭐지?' 했다. 그리고 우비를 나눠주는 사람에게 물었다.
　"이거 공짜예요?"

약간 의외의 질문을 받은 듯 멋쩍은 표정을 짓는다. 비옷을 건네며 내놓는 답변이 이렇다.

"지금 비 오잖아요."

'공짜' 에 관해 가타부타 말이 없다. 그냥 이상한 소리 말고 가져가라는 거다. 비가 오니 비옷을 입는 게 당연한 것 아닌가. 거기에 왜 물을 것이 있는가.

'우린 돈이 없으면 우산을 살 수 없고 쫄딱 비 맞고 가야 하는데?'

덴마크 사람들은 사고구조 자체가 다르다는 생각이 들었다. 그들에게 세금이란 우리에겐 상조회 회비와 같은 거다. 그게 딱 맞다. 우리는 세금을 강탈당한다고 생각하지만, 그들은 세금으로 나도 혜택을 받는다고 생각한다.

조기축구회나 상조회 회비관리자를 우리는 철석같이 믿는다. 우리가 다 아는 사람들이고 믿을만한 사람이기 때문이다. 물론 회비를 떼먹고 튄 이야기도 있지만, 그건 회비가 너무 커질 때 만이다. 모인 돈이 어느 선 이상으로 커지면 인성의 크기를 압도한다. 그래서 회비가 너무 커지기 전에 빨리 쓰는 게 기분도 좋고 관계에도 좋다.

덴마크는 사회가 좁다. 한 다리만 건너면 다 아는 사람들이다. 대학은 별로 가지 않으니 차치하고 전국의 고등학교라고 해봐야 생각보다 많지 않다. 죽 함께 다니니 비밀도 없다. 한 다리만 건너면 다 아는 사람들이다. 또 가장 중요한 자리에 공공시설들이 들어선다. 블랙다이아몬드

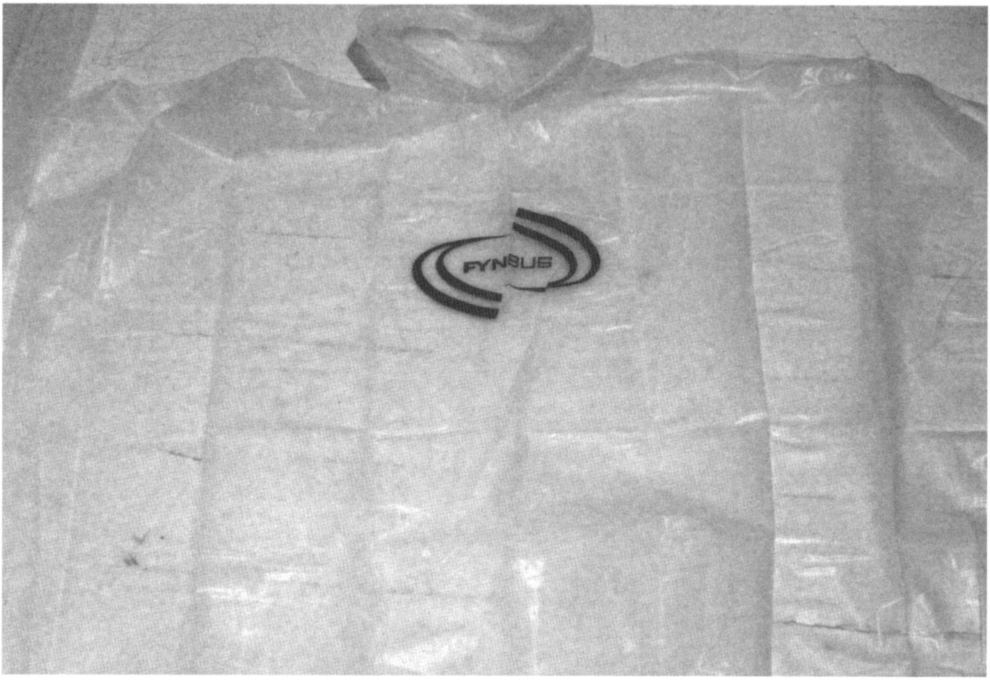

FYNBUS

SALSA
TANGO
OPERA

도서관도 코펜하겐에서 가장 경치 좋은 해안에 자리 잡고 있다. 시민은 그런 도서관을 아무런 비용 없이 즐긴다. 시민을 위해서 그리고 결국 자기를 위해서 쓰인다는 믿음이 있으니 세금이 회비 같은 거다. 그런데 그 회비는 특정 영역에만 쓰이는 것이 아니라 내게 어떤 일이 생기더라도 다 챙겨주는 것과 같다. 우리의 세금이 회비 같지 않다면 무엇과 같을까. 알듯 모를 듯 쓰이는 헌금과 더 비슷하지 않을까. 어디에 쓰이는지 알 수는 없지만 내지 않으면 벌 받아 지옥에 갈 것 같으니까. 뭐 우리나라만 그러겠는가. 부패가 없는 몇몇 나라를 빼고는 모든 나라가 다 그럴 것이다.

무기력 치료제로서의 예측 가능성

젊어서 고생은 사서도 한다, 소년 급제는 인생 3대 불행 중 하나라는 고전의 격언들은 모두 맞는 말이다. 살다 보니 '젊어 영광'과 '소년 급제'가 얼마나 인생에 결정적 악수인지를 알만하다. 젊을 때 고생은 사서도 하라는 말이 백번 맞다. 그러나 문제는 실패가 반복될 때이다. 성공은 극소수이고 실패만 반복될 때이다. 그것도 몇 번의 반복이 아니라 수십 번 반복될 때이다. 결국 실패의 반복은 뇌의 장기기억으로 전환되어 습관의 일부로 굳어진다. 이른바 '학습된 무기력'의 상태가 되는 것이다.

'학습된 무기력'은 미국의 심리학자 마틴 셀리히만(M. Seligman)과 동료들이 24마리의 개를 세 집단으로 나누어 전기충격을 가하는 동물실험에서 발견한 현상이다. 도피할 수 없는 상자에 통제력이 없도록 갇힌 집단의 개는 반복된 전기충격을 피할 수 없다는 것을 학습하게 되어 결국 무기력하게 전기충격을 받아들이게 되며, 그 후 전기충격을 피할 수 있는 상황이 되어도 그냥 수동적으로 그런 상황을 받아들인다. 도피한 다른 두 집단의 개들과는 다르게 피하지 않았다는 결과에서 학습된 무기력이란 개념이 나왔다.

물론 학습된 무기력이 통하지 않는 부류의 사람들이 분명 있지만, 보통사람에게는 한두 번의 실패와 수십 수백 번의 실패는 다르다. 사실 수백 번까지 가지도 않는다. 수십 번 해보다 포기하는 것이다. 실패 경험이 지나치게 누적되면 '학습된 무기력'으로 인해서 열심히 노력하면 향상되어 목표에 도달할 수 있음에도 매사에 시도조차 하지 않고 포기한다. 그렇다면 학습된 무기력을 벗어날 수 있는 길은 무얼까.

덴마크 아이들, 중고등학생들은 친구들의 생일 등으로 파티를 자주 한다. 집에서 파티를 하게 되면 아무래도 떠들게 되는데, 이웃에 파티를 한다고 일주일 전 쯤 예고한다. "친구의 생일 파티가 다음 주 금요일 오후 4시부터 8시까지 3층 말린다 집에서 있습니다." 그러면 시끄러워도 이웃들이 용인한다. 미리 공지했기 때문이다. 물론 너무 떠들거나 소란스러우면 문제가 되지만, 어느 정도 시끄러운 건 대부분 넘어간다. 청소년들이 모여서 노는데 시끄럽지 않다는 게 더 이상한 일 아닌가. 사전 공지를 해서 사람들이 예상했고, 또 시끄러운 것 싫은 사람들은 그 시간에 영화를 보거나, 공원을 산책하거나 하면 된다. 그리고 자신들도 옛날에 그렇게 했고 그렇게 놀았다. 청소년 시절 친구들과 놀고 싶을 때 놀 장소가 마땅치 않다. 이곳저곳 돌아다니며 시간 보내다 '불온한 것'들과 접촉할 바엔 집이 최적의 장소다. 모두 그렇게 집에서 왁자지껄 노는 청소년들의 파티를 '옆집 인테리어 공사의 소음'처럼 용인한다.

트위터에서 화제가 된 이야기다. 어느 비행기에서 두 돌이 된 쌍둥이 아들을 둔 부모가 작은 과자봉지를 승객들에게 나누어주며 공지문을 붙였다. '우리 아이들이 처음 비행기를 타서 소란스럽게 할지 모릅니다. 미리 양지해주셔요.'라는 말이었다. 아이들의 시선에서 유머도 곁들여 썼다.

"안녕하세요! 저희는 처음 비행기를 타 보는 쌍둥이 형제입니다. 생후 14주밖에 안 됐어요. 얌전히 있으려고 노력하겠습니다만, 혹시 저희가 귀가 아프고 겁에 질려 침착성을 잃을 수도 있어 미리 사과 말씀을 드리려고 해요. 우리 엄마와 아빠(우리의 휴대용 우유 기계와 기저귀 교환기 our portable milk machine and our diaper changer)는 여러분이 필요할 경우 이용 가능한 귀마개들을 준비해 놓았습니다. 저희는 좌석

20E와 20F에 앉아 있습니다. 필요하시면 가지러 와주세요. 그럼 멋진 비행기 여행되시길 바랍니다!" 과자 봉지 사진과 쪽지 내용을 올린 승객은 '재치 있고 사려 깊은 부부의 모습이 참 보기 좋았다'며 '아기들은 기대 이상이어서 승객들에게 아무런 폐도 끼치지 않았고, 부부는 분명히 초조하고 피곤했을 텐데도 주변 모든 사람에게 극히 다정하게 잘 대했다'며 칭찬을 아끼지 않았다.

미리 공지하면 사람들은 너그러워진다. 예측 가능하기 때문이다. 예측이 불가능하면 사람들은 놀라고 민감해진다. 인생도 그렇다. 완벽하게 예측할 순 없지만, 어느 정도는 예측 가능하게 해줘야 한다. 너 이만큼 고생하면 이 정도 살 수 있다는 것을 보여줘야 한다. 경쟁만 강조해 '살아남기 어려운 시대에 너 살아남으면 대단한 거야'는 오히려 불안과 분노만 증폭시킬 뿐이다. '이 정도면 된다'는 예측 가능성의 사회는 행복한 삶에 필수요소다.

사실 우리나라 사람들이 공무원이나 의사 같은 직업을 선호하는 이유는 다른 직업을 가진 사람보다 삶이 예측 가능하기 때문이다. 혹자는 그런 삶이 재미없다고 할지도 모르겠다. 물론 제트코스터를 타고 오르내리길 좋아하는 사람들도 많다. 그러나 삶의 오르락내리락과 제트코스터의 오르락내리락에는 큰 차이가 하나 있다. 제트코스터는 아무리 오르락내리락해도 안전하다고 확신한다. 예측이 가능한 것이다. 아무리 오르락내리락해도 절대 트랙을 벗어나지 않을 것이란 확신이 있다. 아주 가끔 트랙을 벗어나는 제트코스터를 당신은 재미있다고 탈 수 있겠는가.

우리 삶도 똑같다. 지금 청년들은 그런 예측 가능성을 원한다. 경쟁 자체를 거부하는 것이 아니다. 모험심 자체를 거부하는 것이 아니다. 내가 갈 트랙이 안전해서 그 안전함 속에서 내 삶의 오르락내리락을 기꺼이 경험하고 싶은 거다. 그냥 모험해봐라, 아파봐라, 막장까지 떨어져 바닥치고 올라와 봐라, 하는 건 너무 무책임하다. 오르락내리락은 청년 스스로 하는 것이지만 트랙은 누군가 만들어줘야 한다. 그건 바로 사회의 몫이다. 국가나 사회의 리더들이 나서야 한다는 말이다. 그러고 나서 오르락내리락에 자신을 던지라고 말해야 한다. 목숨까지 걸라고 하는 건 전쟁 때나 하는 얘기다. 궤도는 튼튼해야 한다. 중간에 궤도가 끊어진 트랙에서 제트코스터를 한번 멋지게 타보라고 말하는, "너 한번 열심히 나처럼 해봐"라는 말은, 끊어진 트랙에서 용케 멋진 점프로 성공하는 아주 극소수의 사람들에겐 도움되는 말이겠지만 결국 많은 사람은 추락할 수밖에 없다.

우리 사회에서 '좋은 직장'은 어차피 한정되어 있고, 다들 열심히 해도 그런 좋은 직장이나 직업은 소수의 사람만이 가질 수 있다. 좋은 일터와 직업이 적은데 '열심히 너 스스로 한번 견뎌보라'는 말은 사실 사기꾼의 수법이다. 논 한 마지기만 갖고 있으면서 열 명에게 각각 자기 논

한 마지기만 보여주고 열 명 모두에게 판 꼴이다. 한 명 한 명에게는 논 한 마지기가 진실이고 곧 내 것이 될 것 같지만, 결과적으로 9명이 사기당하게 되어 있는 건 불 보듯 뻔하다. 이건 전지전능한 신에게 하는 기도로도 불통이고, 청춘을 무기 삼아 아프게 노력해도 불통이다.

이제는 청춘들이 일할 수 있는 곳을 창출하고 확대하고 나누는 작업이 필요하다. 그래야 우리 사회의 예측 가능성이 높아진다. 나도 열심히 하면 내가 좋아하는 직업을 얻을 수 있다는 믿음을 퍼트리는 작업이다. 제트코스터의 오르락내리락을 견뎌보라고 하기 이전에 궤도가 끊어진 곳은 없는지, 목적지에 모두 도달할 수 있는 안전한 궤도인지를 살펴야 한다. 화려한 경력을 앞세운 우리 사회 소위 멘토들이 논 한 마지기 동네에서, 끊어진 궤도의 제트코스터 앞에서, 감언이설로 사리사욕을 채운다면 그건 시정잡배들과 다를 바 없다. 이제는 책 팔아 재력가가 된 멘토들이 출판사 차리기에 힘쓰기보다는 자신의 책을 사 준 청년들이 취업 예고제를 맛볼 수 있도록 그래서 자신의 책을 읽어준 청년들이 무기력에서 탈피해 진정한 역동성을 맛볼 수 있도록 애쓰는 모습을 보고 싶다. 그러면 참으로 고마운 일이다.

인생 재미의 총량

인간은 사랑하고 애착하는데 '한정된 용량'이 있다. 한 명을 사랑하면서 10명을 동시에 같은 분량으로 사랑할 수 없다. 그게 가능하다면 왜 질투가 생기겠는가. 이유는 간단하다. 뇌의 용량도 한정되어 있고, 내 몸도 하나고, 하나의 몸으로 동시에 두 곳에 있을 수 없고, 대화도 소수와만 가능하다. 그런 애착은 삶의 전 기간에도 해당된다. 젊어서 애착을 느끼는데 한계가 있었다면 분명 나이 들어서 그런 욕망을 채우고픈 시간이 온다. 우리 한국 사람은 삶 자체에 애착이 강하다. 오래오래 살고 싶어 한다. 아프더라도 오래 사는 것이 더 중요하다. 그런데 덴마크 사람들은 연명치료에 별로 집착하지 않는다. 아프면서까지 오래 사는 것이 그리 중요하지 않다는 것이다. 삶의 애착에 대한 우리와 그들의 차이는 뭘까.

덴마크 사람들은 애착의 총량이 고루 분포되어 있는 것 같다. 청소년기에 '원 없이 살다 보니' 인생 후반부에 그리 집착하지 않는 듯하다. 여생에 집착하는 우리와는 사뭇 다르다. 친구들과 같이 살아보기, 친구들과 여행하기, 이성 친구 사귀기, 축구 보며 술 마시며 얘기하기를 젊을 때 원 없이 해본 것이다. 대학에 입학하려는 사람이 없어 문제이긴 하지만, 만약 대학에 들어가겠다고 하면 그것은 열심히 공부해보겠다는 결심을 한 것이다. 놀아볼 것 다 놀아봐서 열심히 한다는 것에 대한 개념이 있다. 자신의 많은 부분을 바치는 것이다.

우리는 청소년기에 그런 걸 제대로 해본 적이 없다. 청소년이 뭉쳐서 뭔가를 하려 해도 학원도 안 가고 노는 아이들 같아 이상한 눈초리로 보는 분위기가 그렇다. 대학에 들어가도 취업난에 기도 펴지 못하고 그렇다고 제대로 놀지도 못한다. 겨우 직장에 들어가도 언제 해고될까 전전긍긍한다. 나이가 들어 스트레스도 줄고 압박도 주는데, 이때 늙어간다는 것은 너무 아쉽다. 노년에 대한 불안과 함께 인생에 미련이 마구 솟는다. 그러나 이제는 몸도 따라가지 않는데다 삶을 즐겨야 한다는 또 다른 강박관념이 생겨나 삶에 애착이 더욱 강해진다. 고생한 것에 대한 보상을 받고 싶고, 그러니 삶에의 집착이 나이 들수록 더욱 강해진다. 나이 들수록 관조의 삶을 살 수 있어 행복해질 수 있는데 젊을 때의 억압이 일생의 콤플렉스로 작동하는 것이다. 한국인의 일생을 보면 사랑에 굶주린 '아프로디테 콤플렉스' 가 무의식에 내재된 듯하다

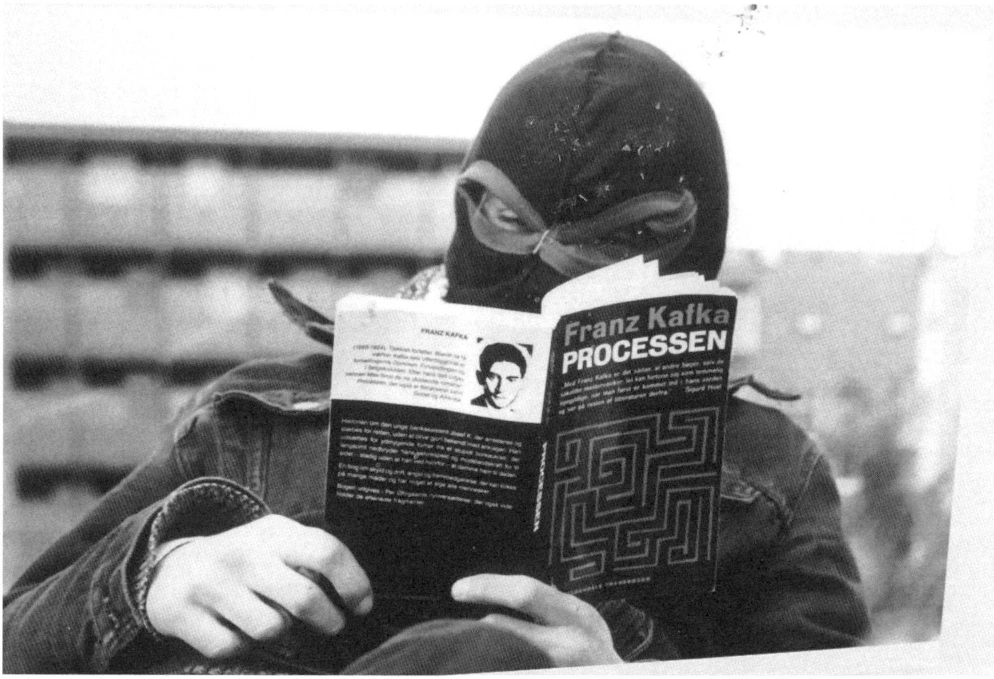
FRANZ KAFKA
Franz Kafka
PROCESSEN

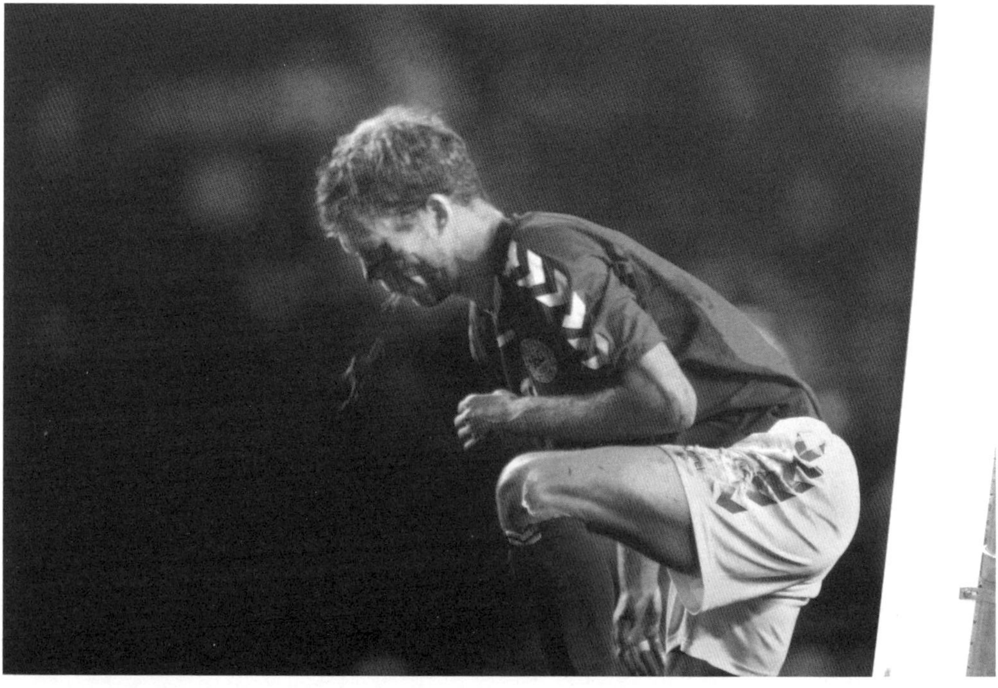

다섯 번째 생각, 일자리 송가

국제코펜하겐사진전이 열리고 있는 중앙로로 왔다. 사진을 보다 피를 토하며 운동장에 쓰러지는 축구선수의 사진에 시선이 꽂혔다. 한참을 뚫어져라 쳐다보고 있는데 살짝 내 시선을 가로막는 긴 머리가 있었다. 민서였다. 살짝 금발로 블랜딩한 헤어스타일이었다. 오, 블론디 스타일. 사실 민서는 칙영의 만화 블론디의 여주인공을 잘 모를 것이다. 지금은 벌써 증조할머니가 되었을 블론디. 그 4컷의 만화가 너무 재밌었다. 정감이야 허둥대고 허풍떠는 남편 데그우드에게 더 갔지만 어설프면서도 쿨하게 주부 역할을 해내는 블론디가 더 멋져 보이긴 했다.

'어, 민서가 귀여운 데가 있네?'

헤어진 지 얼마 되지 않은 것 같은데, 벌써 뉘하운 운하를 돌고 왔다. 우연히 거리에서 만났으니 사진전에 온다는 말이 그냥 지나가는 말이어도 상관없었다. 빈대약으로 생겼던 얼굴 발진도 점점 수그러들어가고 있었고 가려움도 거의 사라졌다. 사진전을 보다 4쌍둥이를 낳고 흐뭇해하는 산모의 사진과 전면 마스크를 쓰고 카프카의 〈소송〉을 읽는 반군전사의 사진이 나란히 눈에 들었다. 그 두 사진을 보다 민서에게 질문을 던졌다.

"요즘 취업이 어려운데 민서도 고학년이 되니 취직이 걱정이겠구나."

막 태어난 희망찬 4명의 쌍둥이, 그리고 거대한 관료적 구조 속에서 자신의 의지는 무력화되고 아무리 벗어나려 해도 예상된 궤도의 끝, 사형에 처해지는 은행원 K의 운명이 섞이니 뜬금없지만 필연적으로 '민서의 취업'이 질문으로 튀어나왔다. 한국인으로 태어났으면 누구도 피해 갈 수 없는 취업전쟁. 일하는 것이 즐거운 것이 되었으면 좋겠는데 우리는 일을 생각해야 할 시기가 되면 그 시작부터 걱정과 불안이 찾아온다. 일은 자기가 좋아서 선택하는 것이 아니고, 또 좋아서 선택하면 절대 안 되는 것이 되었기 때문이다.

"그래도 중소기업은 안 갈 거지?"

민서가 머뭇대다 말을 건다.

"네, 그럴 것 같아요. 중소기업 아니 벤처기업이 회사 분위기는 가족적이고 좋겠죠. 중소기업가면 일 배우기 좋다고 하는 선배들도 있구요. 대기업에 가면 일이 너무 분화되어서 제대로 일 못 배운다고. 작은 회사가 성장하면 큰돈도 벌 수 있겠죠. 그렇지만 그런 세상은 이제 없다고 봐요. 아주 극히 일부분의 사람들한테만 해당되겠죠. 컴퓨터 프로그래밍을 아주 잘하는 명문대 졸업생 정도? 현실은 달라요. 중소기업이 연봉도 낮을뿐더러 안정성도 없어요. 친구들한테 별로 뽀대 나지도 않고요. 이름 있는 대기업은 다닌다고 해야 그래도 좀 먹어주죠."

끝에 '좀 먹어준다'는 말이 강하게 들렸다. 충분히 예상할 수 있는 반응이었다.

우리나라는 중소기업국가다. 고용비율상 그렇다. 경제활동 종사자 대부분이 중소기업에 다닌다. 자영업자를 작은 기업으로 치면 중소기업 수는 99%다. 고용 인력으로 치면 전체의 88%다. 그런데 우수한 인력들은 절대 중소기업으로 가려 하지 않는다. 임금수준은 둘째 치고 안정성이 보장되지 않기 때문이다. 물론 대기업도 직원근속연수가 그리 길지는 않다. 그러나 대기업은 몇 년 동안 잘릴 일이 없고 근무하고 나와도 다른 기업에 이직하기에 용이할 거로 생각한다. 이러니 대기업에는 좋은 인력이 넘쳐나 경쟁력이 좋아지고, 중소기업은 고용대란에도 인력난에 시달려 경쟁력이 떨어진다. '고용딜레마'가 생기는 것이다. 고용을 늘리려면 중소기업이 역할을 해줘야 하는데 중소기업의 고용이 늘어나도 고용의 질-인력경쟁력, 고용 안정성 등-은 그 반대로 떨어지는 딜레마에 봉착하는 것이다. 모든 정부가 중소기업 육성을 말하지만, 우리나라는 이런 고용딜레마가 구조화되어 중소기업 육성은 허울뿐인 말이 되었다. 고용문제, 일자리문제는 인력수급의 시차, 매칭의 문제가 아니다. 그럼 답은 뭘까?

그건 문제를 제대로 보면 된다. 얼핏 보면 고용은 회사가 하니 회사에서 문제를 풀어야 할 것 같지만 사실 고용문제를 회사 차원의 문제로 국한하면 한계가 있다. 물론 회사가 좋은 근로조건을 만들어 좋은 인력들을 확보하면 그것만큼 좋은 일은 없다. 그러나 여건이 되는 회사도 있고 그렇지 않은 회사도 있다. 또 근로조건을 아무리 잘 해줘도 또 다른 이유로 망하는 회사도 있게 마련이다. 어느 나라 중소기업이든 대기업보다는 더 많이 도태하고 더 많이 창업된다. 그래서 중소기업을 국가에서 무조건 보조하고 도와주는 게 능사는 아니다. 경쟁력 없는 중소기업은 도태되는 게 맞다. 정부지원에 의존해야만 살아남는다면 문제가 크다. 그래서 중소기업 고용을 기업 차원에서 보면 문제가 풀리질 않는다. 정부는 중소기업에게 해고하지 말고 고용하라고 말하고 해고하면 윽박지를 것이 아니라, 철저하게 고용 안정망을 만드는데 집중해야 한다.

무딘 구직자와 예민한 구직자

덴마크는 우리나라보다 더 중소기업 중심이다. 전체 고용 인력의 95%가 중소기업이다. 전체 노동자의 평균 1/3이 해마다 직장을 바꿀 만큼 노동 이동이 빈발한다. 평생 덴마크 사람들은 6회 정도 직장을 바꾼다. 따라서 국민은 직장 안정성보다 언제든 취업할 수 있는 '고용 안정성'에 관심이 더 높다. 이 때문에 국민은 고비용의 사회 안전망 유지에 동의한다. 직장에서 해고되어도 사회안전망이 받쳐준다는 인식 덕분에 직장이 곧 생존조건이어서 '참고 다녀야 하는 곳'이란 강요로부터 자유롭다. 잠시 미국의 경우를 보자. 미국에서 총기사고가 가장 자주 일어나는 곳은 어디일까. 언론에는 미국의 초등학교, 고등학교, 대학교들이 많이 나오지만 이곳은 총기사고가 잘 일어나지 않는 곳이어서 사건이 발생했다 하면 언론의 주목을 받아 프레이밍 효과가 생겨난 것일 뿐, 사실상 총기사고가 가장 잦게 일어나는 곳은 회사다. 해고에 앙심을 품은 직원이 상사나 사장을 쏴 죽이는 일이다. 직장 내 폭력은 일상적 폭력이라 이에 대한 정부의 공식 통계는 없지만, 미국 노동통계국에 따르면 2003년부터 2008년까지 연평균 497건의 직장 내 살인사건이 발생한 것으로 집계됐다.

직장 안전성보다 고용 안정성이 더 중요한 또 다른 면도 있다. 직장에서 제대로 처우를 해주지 않는다면 능력 있는 일꾼들은 쉽게 짐 싸들고 나갈 수 있다. 이 때문에 오히려 직장 분위기는 수평적이고 좋은 편이다. 경영자도 자주 비공식 모임을 만들어 회사와 직원 간에 좋은 인간관계를 유지하려 애쓰고 이를 회사에 충성도를 높일 수 있는 계기로 삼는다. 회사를 위해 봉사하라, 너의 생계와 위급상황을 우리 회사가 모두 책임진다는 식의 '당근 달린 채찍'으로 협박하는 이데올로기를 배양할 수 없는 구조다. 그러니 경영자는 내적 동기를 불러일으키기 위해 애쓸 수밖에 없다. 해고되어도 생계에 지장이 없어 회사가 쓸 수 있는 압박 수단이 거의 없기 때문이다. 그래서 어떤 최악의 상황에서도 적정 수준의 생계를 보장해 준다는 것은 인간적 권리를 행사하기 위한 중요한 전제조건이다. 덴마크는 이런 인간적 대우를 굳이 강조하지 않아도 자발적으로 회사가 할 수밖에 없는 시스템을 갖추고 있다. 좋은 인재를 자기 회사에 두기 위해서다. 회사 분위기를 좋게 만들려고 기업주가 애써야 하는 구조이고, 그런 회사라면 일하는 것도 즐겁다. 이렇게 고용안정망이 보장된다면 중소기업에서 근무한다 해도 꿀릴 게 전혀 없다. 원래 중소기업의 이점이었던 폭넓게 일 배우기, 원활한 소통구조 등으로 나 개인 사정도 이해해주고 그래서 가족 같은 회사의 속성이 쉽게 수면 위로 드러날 수 있다. 일이나 관계가 잘 맞지 않아 회사를 떠나야 할 때도 완충지대가 존재한다.

이제 고용안정망, 사회안정망은 회사 분위기만이 아니라 가족 분위기, 친구 분위기도 바꾼다. 우리는 실제로 가족과 친지, 친구가 있어 심정적 원조만이 아니라 때로는 급할 때 재정적 원조를 받을 수 있다고 생각한다. 그러나 그건 이상적인 판단이다. 실제 재정적으로 큰 문제가 닥쳤을 때 가족, 친척과 친한 친구들의 도움도 기대할 수 있지만, 그와 동시에 그들과의 관계가 깨질 것도 염려해야 한다. 그것이 인지상정이다. 아무리 친하다고 해도 마음에 아무 거리낌 없이 재정적으로 도와줄 만큼 풍족한 사람은 사실 거의 없다. 오히려 돈 문제로 가까운 사이의 사람들과 관계가 소원해지는 경우가 다반사다. 인간관계에도 '엔트로피 법칙'은 작동한다. 그저 아는 사람과는 친해질 수 있지만 친했던 사람과 만약 문제가 생기면 그저 아는 관계로 다시 돌아가긴 어렵다. 오히려 서로 미워하거나 무관심한 관계로 돌변한다. 그래서 사회안전망은 인간관계의 엔트로피를 막아주어 친인척, 친구 관계에도 좋은 영향을 미친다. 사회구조는 우리가 눈치채지 못하는 사이 일상생활, 인간관계 곳곳에 속속들이 침투한다.

　어느 봄날 코펜하겐 시내에서 크리스창 가족과 친지들이 회합을 할 때 한 친척이 술에 취해 몸을 가누지 못하자, 사람들이 그를 애써 부축하고 데려가기보다는 바로 경찰을 불렀다. 크리스창의 부인은 그런 모습에 많이 놀랐다고 한다. 언제든 자신의 능력으로 도저히 감당할 수 없게 되면 '정부'를 부른다. 전화 한 통으로 정부에게 도움을 요청한다. 아무런 거리낌 없이. 자신은 국가에 세금을 내고 또 그렇게 해서 내가 감당할 수 없는 문제를 국가가 세세하게 챙겨준다면, 나 스스로 내 행복을 지킬 가능성은 더 높아진다. 이로써 국민을 위하는 국가는 스스로 그 책무를 다하는 것이다.

'삼포세대'의 망가

"민서는 취업에 의욕이 있는 걸 보니 적어도 삼포세대에는 안 끼네?"

"그렇죠, 포기하기엔 아직 너무 이르잖아요."

"그렇지만 해보다 안 되면 포기하게 되잖아. 뭐 100번 원서 쓰기는 기본이라면서, 취업되는 게 거기서 하나 걸리는 거라는데, 대학입시와는 비교가 안 된다고 하네. 너도 그러니?"

"저도 그러겠죠. 주변에서 다 그러니까 뭐 그런 줄 아는 거죠."

머뭇거림이 없다. 어딘가 자신감이 있다. 그건 자신의 배경으로부터 온 것일까, 아니면 성격으로부터 온 것일까. 성격이든 배경이든 뭔가 믿는 구석이 있는 것 같다. 자신감은 그런 '믿는 구석'에서 나오나 보다.

그렇지, 민서는 20대 중반이고 내 나이는 미중년을 넘고 있고. 내 나이 정도면 이제 뭔가 하나씩 포기할 나이지만, 열 명 중 넷이 삼포세대라는 20대가 '삼포'로 다시 들어서도록 만드는 것은 반역사적이다.

<삼포 가는 길>의 백화는 겨우 스물두 살이었지만 쓰리게 당한 일이 많기 때문에 삼십이 훨씬 넘은 여자처럼 조로했다. 민서 세대를 다시 무일푼의 뜨내기 백화 세대로 돌릴 수는 없는 일이다. 우리도 고생했으니 스스로 이겨내 보라고, 믿는 구석 하나 없게 젊음으로만 버텨보라고 하는 것은 무책임하다. 열심히 살아와서 한국을 이제 소위 OECD 국가로 만들었는데 행복부터 자살까지 웬만한 삶의 지표는 모조리 다 꼴찌고, 초등학교 학력평가만 세계 상위권이니 뭔가 잘못된 것이 분명하다. 그건 아마 가난에 대한, 파산에 대한, 삶의 나락에 대한 공포가 언제 갑자기 닥쳐올지 모른다는 불안과 결합하여 삶의 심연으로 깔려 그런 것은 아닐까. 여전히 우린 '삼포 가는 길' 위에 있는지도.

우리는 언제 풍족하지 못하다고 느끼는가. 생일에 친구들과 롯데월드 가야 하는데 너무 비싸 가지 못하고 또 그걸 챙겨주지 못하는 부모를 만나서 그럴까. 생일에 친구들과 동네 파티장에 모여 서로 만든 빵으로 함께 게임하고 수다 떠는 것으론 부족한 걸까. 좋은 집에 멋진 인테리어를 하려니 너무 비싸 돈이 모자란다는데, 스스로 인테리어 공부를 하며 주말마다 짬짬이 조금씩 꾸미기는 어떨까. 부부가 함께 집안을 꾸미다 보면 쏠쏠한 재미도 있지 않을까. 아, 그런데 그게 아니란다. 뭔가 누추해 보이고 없어 보인다는 것이다.

왜 우리는 등산에 자전거에 레저생활에 모든 일에 명품 아웃도어

옷이며 비싼 자전거가 필요할까. 싸구려로 보이면 대접받지 못하니까 그렇단다. 스시를 먹으러 일본까지 전용기로는 못 가도 적어도 강남의 괜찮은 일식집에서 먹어야 '먹어준다고' 생각한다. 혹시 그런 생각은 그냥 아무 생각 없이 텔레비전만 보고 살아서 그런 건 아닐까. 텔레비전에서 전용기타고 일본에 건너가서 스시 먹는 것에 침 흘리게 만들어서 그런 건 아닐까. 친구들과 함께 만들고 자신의 땀으로 만든 요리인데 왜 하찮게 보일까.

자기 땀이 훨씬 멋진데 우리는 침만 흘린다.

사실 그들과 우리 사는 모습은 별 차이가 없다. 마침 크리스창은 한국의 중산층 표준인 나보다 소득이 3배 많았다. 한국과 덴마크 1인당 국민소득평균의 차이였다. 소득은 3배 수준인데, 물질적 차이는 거의 없다. 오히려 나보다 외식도 제대로 못 하고, 자동차보다 자전거를 훨씬 더 많이 탄다. 돈 드는 삶이 아니다. 그렇다고 많이 저축하지도 못한다. 크리스창은 나보다 소득이 3배나 많아도 내 소비가 약간 더 풍성한 듯하다. 나의 판정승이다.

그러나 그는 늘 평안하단다. 혹시 잘못되어 나락으로 떨어져도 안전망이 있다고 서슴없이 말한다.

"지금은 내가 일을 해서 돈을 잘 벌지만, 내가 갑자기 아플 수도 있고, 사고가 날 수도 있고, 더 공부하고 싶어질 수도 있잖아요. 미래의 나를 어떻게 알겠어요. 그러나 잘못되어도 큰 걱정 없다는 게 이 나라에 사는 이유죠."

"그러네요. 한국에선 아파도 골라서 아파야 해요. 병이 걸려도 의료보험이 있지만, 의료보험에 해당 안 되는 병에 걸리면 큰일이죠. 돈 있는 사람은 민간보험을 들면 되지만 이것도 제대로 보상을 못 받는 경우가 부지기수여서 완벽하지 않죠. 병들거나 사고 나면 돈도 못 버는 데다 돈 쓰는 일만 남으니 이중고 삼중고가 될 가능성이 높아요, 너무 불안하죠."

삶의 평안에 대한 그의 확신은 나보다 10배쯤은 더 되는 것 같다. 삶의 평안 부문에선 크리스창의 압승이다. 우리는 미래에 아프더라도 지금 당장 외식하고 쇼핑하는데 쓰고 보자는 것 같고, 그들은 미래의 평안함을 위해 지금 외식하고 쇼핑하는 것을 억제하는 듯하다. 잘못되어도 안전판이 있다는 믿음. 그리고 격차가 적어 비교할 필요가 없는 삶. 우리와 그들의 국민소득 차이란 소비의 차이가 아니라 삶을 바라보는 태도의 차이였다.

시스템적 복지.

　복지란 사실 퍼주기 하면 망하게 되어있다. 그래서 시스템이 필요하
다. 덴마크의 1인당 GDP는 6만 달러에 육박한다. 세계경제 포럼(WEF)
이 발표하는 세계경쟁력 순위에서도 늘 최상위권이다. GDP 대비 조세
부담률이 50%에 달하는 것을 감안하면 놀랍다. 가장 경이로운 것은 실
업률로 2009년부터 2012년까지 3%대이며, 고용률도 77%에 이른다.
현재까지는 '고용 기적'이라고 일컬어질 만큼 타의 추종을 불허한다.
그런데 몇몇 나라들은 덴마크 모델에서 해고를 자유로이 할 수 있는 것
만 보려 한다. 덴마크 모델은 자유로운 해고와 더불어 노동자들의 삶의
안정성이 보장된다. 유럽 연합은 2006년 유연 안정성(flexicurity) 모델
을 새로운 사회경제 패러다임이자 정책 모델로 채택했다. 유럽뿐 아니
라 세계 많은 국가가 이 모델의 지속가능성을 주목하고 있다. 덴마크의
칼스버그 맥주나 장난감 레고처럼 유명하면서도 오래갈까 궁금해 한다.
그것은 모델의 세 꼭짓점이 서로 잘 의지하면 가능하다. 각 꼭짓점은
'유연한 노동시장' '사회보장' '적극적 노동시장정책'이다. 이른바 '황
금 삼각형 모델'이다. 해고와 채용을 쉽게 해 기업은 변화하는 시장 환
경에 적응하기 쉬워서 좋아한다. 대신 중앙정부와 지방자치단체는 실업
자를 위한 종합적인 사회안전망을 제공한다. 또 이들을 위해 취업알선,
직업훈련 등 적극적 노동시장 정책을 시행한다. 이게 황금 삼각형 모델

이다. 우리나라에서도 정책발표나 학회발표에 단골로 등장했던 메뉴 중 하나이다. 그러나 늘 일시적 벤치마킹일 뿐 황금 삼각형의 시스템 작동법에는 관심이 없다. 덴마크를 이해하는데 중요한 문제이니 좀 더 자세히 들여다보자.

덴마크에선 해고가 쉽다. 성, 종교, 임신 등 사회적 차별을 제외하고는 어떤 이유에 의해서든 해고가 가능하다. 해고 예고기간도 1개월에서 6개월 정도로 짧다. 근속 9개월 이하의 생산직 노동자는 해고 예고 없이도 해고할 수 있다. 법적인 고용보호 수준은 2004년 기준으로 미국 영국 캐나다 등 고용보호가 전통적으로 취약한 영미권 국가에 이어 7번째로 낮았다. 얼핏 살벌해 보인다. 그러나 덴마크 돼지고기가공업체 '데니시 크라운'의 인적자원디렉터 얀 윈터는 한 다큐프로그램에서 이렇게 말한다. "우리는 해고를 두려워하지 않아요. 시장 상황이 안 좋아지면 언제든 해고할 수 있죠. 대신 정부가 그들을 보호해 주리란 걸 알기 때문이죠."

일자리도 경제 환경에 따라 빠르게 소멸하고 생성된다. 매년 전체 일자리의 10% 이상(약 30만 개)이 사라진다. 이와 동시에 비슷한 수의 새로운 일자리가 창출된다. 그러니 직장 이직률도 높다. 매년 전체 노동인구의 29%가량이 직장을 옮긴다. 그중 70% 이상이 실업을 경험한 이들이다. 장기 실업자로 남는 사람은 극소수이며 대부분은 짧은 구직 과정을 거쳐서 재취업한다. 평균 동일직장 근속기간은 8년으로 EU의 10.6년보다 짧다. 이는 노사 간의 자율적 합의에 의해 노동조건을 결정하는 덴마크의 오랜 역사와 관련이 있다. 덴마크에선 노동법규보다 노사 간 단체협약이 훨씬 큰 효력을 갖는다. 환경 변화에 따라 탄력적으로 대응하는 것이 가능한 이유다. 덴마크노동조합총연맹(LO)의 국제고문 크리스티앙 와이스는 "노사정 모두 이 모델이 주는 이점에 대한 인식을 같이하고 있다"며 "사회적 파트너들 간의 상호신뢰가 없다면 불가능한 모델일 것"이라고 지적한다.

물론 해고가 쉬우면 노동자들은 불안하다. 그러나 덴마크 노동자들이 주관적으로 느끼는 직장 불안정성은 OECD 국가 중 가장 낮다. 가장 큰 이유는 소득 보장이다. 세계에서 가장 긴 덴마크의 실업수당 수급 기간인 4년 때문이다. 이전엔 7년, 9년이었다. 대단하다. 일생에서 4년을 겨우 보장해주는 것뿐인데, 내 생애 전체가 보호받는 것 같은 느낌을 준다. 물론 재취업 의무를 전제로 한다. 실직자의 대부분은 자발적으로 새로운 일자리를 찾는 데 성공한다. 덴마크 전체 실업에서 12개월 이상의 장기실업이 차지하는 비중은 평균 22%에 불과하다. 덴마크 실업자의 80%가량이 1년 미만의 단기 실업자다. 반면 EU 15개국의 장기실업 비중은 평균 42.4%로 덴마크의 두 배에 가깝다.

'새로운 일자리 찾기'가 단시간 안에 가능한 것은 덴마크 정부의 적극적 노동시장 정책 덕분이다. 덴마크는 94년부터 대대적인 노동시장

개혁을 단행했다. 90년대 초반, 9%를 웃돌던 고실업률을 극복하기 위해서였다. 이때까지만 해도 덴마크의 실업수당 수급 기간은 9년에 달했다. 이를 7년으로 단축했다. 또 '이중 수급 기간제'를 도입해 수급기간을 '소극적 기간'과 '적극적 기간'으로 구분했다. 직장순환제도 활성화했다. 직장순환제는 재직자의 휴가로 비워진 자리에 실업자를 한시적으로 대체 고용하는 제도로서, 이를 위해 육아, 교육훈련휴가 등 유급 휴가제를 도입했다. 덴마크의 사례가 '고용 기적'으로 불리는 이유는 이때의 고실업을 잘 극복했기 때문이다. 9~10%대의 실업률이 3~5%대로 안정화된 이유는 단순히 실직자를 단시일 안에 노동시장에 내보내는 정책보다 교육과 훈련을 강조했기 때문이다. 실업자 개개인의 사회적 배제를 방지하는 것이 생산성에도 도움이 된다고 믿는 정책이다.

이때 정착된 적극적 노동시장 정책이 지금까지 계속 이어지고 있다. 실직 2년 차부터는 정부에서 제공하는 취업 프로그램에 의무적으로 참여해야 한다. 고용센터와 취업계획을 정하고 이를 지켜야 하며, 직업 훈련 프로그램에 참여해야 한다. 또 일정 기간이 되면 고용센터에서 정해주는 직장에서 근무해야 하는 경우도 있다. 최근 세계 경제위기 속에서 '교육'을 더 강조하고 있다. 재취업 노력은 않고 교육만 받으려는 이들을 우려해 6주의 교육제한 기간이 있으나 미숙련자나 이미 낡은 기술이 돼 버린 직업 종사자는 기간에 제한 없이 교육을 받을 수 있다. 전통적 경제이론에서 노동시장의 유연성과 고용 안정성은 공존할 수 없었다.

그러나 인적자본 중심의 정책을 펴는 덴마크에서는 적어도 공존한다.

덴마크의 사회적 합의주의의 역사는 갈등의 역사로부터 유래한다. 노사관계가 높은 조직률을 기반으로 하고 있어 스스로 양보하고 타협하는 협상과 규칙을 만들어내는데 익숙해져 있는 것이다. 이러한 역사적 경험으로 사회적 파트너들 간의 신뢰도가 높다. 기업은 해고 부담 없이 경쟁력이 약화된 부분을 구조조정하고, 장기적으로 더 경쟁력 있는 일자리를 창출할 수 있다. 노동자는 실업급여와 정부 프로그램을 통해 경제적 어려움 없이 훈련 및 재취업 노력을 거쳐 노동시장에 복귀한다. 이 과정은 자기계발의 계기로도 활용된다. 덴마크 사회는 이 모델을 통해 세계화의 부정적 효과를 최소화시키고 있다고 평가된다.

"얼마 전 경제 위기를 맞아 제가 사는 지역의 한 공장에서 600여 명 중 90명을 해고했습니다. 그리고 14명을 채용했어요. 숫자로 보면 적은 것 같죠. 하지만 이게 큰 의미가 있습니다. 유연 안정성 모델에 대한 합의가 없었다면 이들을 해고만 시키고 남은 사람들에게 일을 더 하라고 할 뿐 채용을 하진 않았을 겁니다." 한 노사담당자의 말이다.

우리나라에서 만약 이런 일이 일어났다면 어땠을까. 일단 구조조정을 한 고용주의 의도에 대한 불신이 분출될 것이다. 그리고 만약 해고 후 새로운 사람들을 채용했다면 해고자들의 불만은 극에 달할 것이다. 결국 노사간 충돌로 회사는 파국으로 치닫는다. 노조의 전투적 저항으로 겁먹은 고용주가 만약 신사업부문을 만드는데 기존 노동자들을 그냥 이전 배치시킨다면 어떻게 될까. 생산성이 떨어져 회사 자체의 경쟁력도 감소될 것이다. 노동자도 제대로 배울 기회 없이 새로운 현장에 투입되면 일하는 재미없이 그냥 월급을 위해 일하는 사람이 되어버린다.

결국 신뢰다. 노사간 신뢰가 사업장의 합의를 쉽게 도출하는 것이다. 그건 개별 회사가 한 일이 아니다. 덴마크 사회가 한 일이다. 지역 단위로, 학교 단위로, 직업 단위로 서로 자기의 의견을 노출하고 이해하고 그러면서 양보와 합의의 전통이 자리 잡혔고 그것이 각 개별회사까지 번진 것이다.

'팃포탯' 게임의 복지

덴마크는 동일노동 동일임금원칙을 고수한다. 이 원칙으로 정규직과 비정규직의 차별은 없다. 그런데 그걸 보고 우리는 비정규직과 정규직의 차별이 없어지는 것으로만 생각하지 동일노동 동일임금이 가진 또 다른 의미는 무시한다. 동일노동 동일임금에서는 근속연수란 것, 호봉이란 것이 의미가 없다. 우리에게 정규직은 곧 호봉제를 의미한다. 덴마크엔 그런 게 없다. 동일노동 동일임금이므로 그냥 세월이 가고 시간이 간다고 해서 임금이 오르지 않는다. 동일노동 동일임금의 원칙이 곧이

곧대로 거짓 없이 적용되기 때문이다. 예컨대 공구기계를 수리하는 직종이라면 정규직과 비정규직의 차별은 당연히 없다. 모두 같은 대우를 받는다. 그러나 공구기계를 수리하는 일로 1년의 시간이 지났다고 해서 호봉이 승급되는 일도 없다. 1년이 지나도 동일노동이기 때문이다. 50대의 직장인이나 20대의 직장인이나 동일 노동에 대해선 동일 임금이 적용된다.

그럼 임금을 올리려면 어떻게 해야 할까. 그 일의 숙련도를 높이거나 다른 일을 해야 한다. 어떻게 숙련도를 높이거나 다른 일을 하는가. 공부해야 한다. 기술등급을 높이 받기 위해 공부해야 한다. 그럼 언제 공부하는가. 물론 업무 중에도 능력을 배양할 수 있으며, 주 37시간 노동이므로 그 노동시간 이외의 시간에 하면 된다. 그래도 직업훈련 공부시간이 부족하다면? 회사를 그만두면 된다. 실직하는 것이다. 그래서 실직은 곧 직업훈련, 전직, 이직과 동급의 개념이다. 실직 위에 전직이 있는 것이 아니라 동등한 수준의 개념이다. 공구기계 수리공이 공구기계 수급과의 과장이 되려면 시간만 가면 되는 것이 아니라 업무능력 향상을 통해 그리고 직업훈련을 통해 스스로 '기술등급'을 높여야 한다. 학습하지 않으면 실업수당도 승급의 기회도 없다. 그냥 굶어 죽지 않을 만큼만 받는다. 그렇지만 그런 사람은 거의 없다. 자기가 하는 어떤 일이든 존중받고 정부는 좋은 훈련여건을 제공하기 위해 다양한 정책들을 편다. 덴마크는 퍼주기식 복지다? 물론 우리와 비교해 보면 그런 면이

없지는 않을 것이다. 그러나 박애주의를 기본으로 깔면서도 동시에 철저하게 호혜적이다. 나는 이를 '팃포탯Tit for Tat, 치고 받기, 맞대응 복지'란 말로 명명하고 싶다. 스스로 하려 하지 않으면 그 어떤 혜택도 주지 않는다. 국가가 제공하는 직업훈련이나 일자리를 수용하지 않으면 바로 복지비용을 박탈한다. 물론 반성하고 다시 열심히 한다면 또 바로 용서한다. 철저한 팃포탯이다. 잘못하면 응징하지만 다시 잘한다면 꽁하게 그 사람의 잘못을 묵혀두지 않는다. 국가는 무섭지만 신뢰할 만하다. 국민이 만만히 보고 소리나 질러대는 불신의 국가가 아니다.

신뢰에는 어쩌면 팃포탯이 가장 적합하다. 나에게 계속 나쁜 짓을 하는 친구는 당연히 싫다. 그러나 나의 나쁜 짓이든 좋은 짓이든 다 좋아하고 웃는 친구를 우린 좋아할 것 같지만 그건 잠시다. 그러다 나는 내 나쁜 짓을 고칠 기회조차 잃게 되고, 결국 난 주변으로부터 외톨이가 되고 만다. 내가 외톨이가 되면 나를 보고 좋아하던 친구도 언젠가는 사라진다. 외톨이가 된 친구와는 계속 사귀고 싶지 않기 때문이다. 그럼 나는 모든 것을 잃게 된다.

신뢰는 오랜 기간을 거쳐 형성된다. 덴마크의 힘은 그런 오랜 기간의 경험에서 나왔다. 많은 착오와 갈등 속에서 인간의 사악함과 멍청함, 두려움을 모두 보았던 것이다. 덴마크의 복지는 그런 인간의 심리와 관계의 토대 위에서 만들어졌다.

룰 만들기, 제도화의 힘

　신뢰하면 행복하고, 불신하면 불행하다. 식당에 갔는데 음식을 나쁜 재료로 만들었다면 어찌 기분이 좋을 수 있는가. 택시를 탔는데 기사가 바가지를 씌운다면 행복할 리가 없다. 교사가 성희롱하는 사회가 어찌 행복한가. 양치기 소년이 거짓말만 하면 어찌 양들을 편히 맡길 수 있겠는가. 불안은 신뢰의 결여로부터 유래한다. 신뢰는 행복의 기반이다.

　신뢰란 저절로 얻어지는 것이 아니다. 서로 모여 상호 감시하에 규칙을 만드는 과정에서 신뢰는 움튼다. 어찌 인간에게 사심이 없으랴. 그러나 사익이 공익을 침해하는 '사회적 딜레마'에 빠지지 않으려면 팃포탯 같은 단순 게임을 넘어 '특정한 상황에 적용 가능한 게임의 룰'을 만드는 것이 중요하다. 정치학자 오스트롬은 어민들의 신뢰가 발생하는 원리를 연구했다. 터키의 작은 어촌 알라니아 어장의 경우 100여 명의 어민들이 여러 종류의 어망을 사용하면서 개인별로 두세 척의 어선을 가지고 고기를 잡는다. 어민의 절반은 지역 생산자조합에 소속돼 있다. 그런데 1970년대 이 어장에서는 어민들의 무절제한 이용으로 어민 간의 갈등과 폭력, 그리고 조업 비용 증가로 위기를 맞았다. 어민들 간 불신은 극에 달했다. 이로부터 10여 년의 시행착오 끝에 어민들은 매년 9월 조업할 수 있는 어민의 명단을 작성하고 순번제로 어로에 나서는 정교

한 규칙 체계를 마련해 문제를 해결했다. 반면 캐나다 동부 뉴펀들랜드와 노바스코시아 어장은 실패 사례다. 그곳 어민들은 전통적으로 어장을 자기들끼리의 규칙으로 잘 관리해 왔는데, 정부가 어업면허제도를 도입한 뒤로 공동체 관리가 무너져 버렸다. 정부의 획일적 규제 정책에 반발한 어민들은 이렇게 말한다. "우리는 오랫동안 이곳에서 고기를 잡아와서, 우리 어장에 무엇이 최선인지 알고 있다. 우리에게 무엇이 필요한지 알고 있다." 이권이 생기면 사익이 충돌하게 되어 있다. 서로 아는 사람들부터 규칙을 잘 제정하면 지키기도 쉽다. 서로 다 지킬 것을 약속하고 거짓말하지 않기 때문이다. 그것이 진정한 신뢰의 시작이다.

노사관계도 그 시작은 노사 아무 쪽도 상대에게 거짓말을 말하지 않는다는 전제에서 비롯된다. 그것이 가장 기본적인 규칙이기 때문이다. 고용주는 이익이 발생해야 투자도 할 것이다. 노동자들도 구조조정을 해야 한다면 그것을 피치 못할 일로 여긴다. 고용주가 절대 거짓말을 할 리가 없기 때문이다. 꼼수 부리지 않고 뒷말 없는 것. 아무것도 아닌 것 같지만 그게 신뢰의 시작이고 합의의 시작이고 행복의 시작이다. 회사가 어렵다면 정부가 나서서 실업급여와 직업훈련으로 더 좋은 조건을 만들 수 있도록 실직자를 돕는다. 노동자들에게 실직이란 공포와 불안, 낙담이 아니다. 오히려 정반대다. 전업의 기회이자 승진의 기회이다. 이 대목에서 덴마크는 우리에게 무척 부러운 국가임이 분명하다.

Danmarksmesterskabet i bodybuilding, 1989. BJARKE ØRSTED
Danish bodybuilding championships, 1989.

여섯 번째 생각, 외모와 온도의 관계

"민서, 근데 어떻게 코펜하겐까지 올 생각을 한 거지? 유럽 여행할 때 구석에 박힌 이 나라까진 잘 안 오잖아."

"아, 그거요? 이유는 사실 경치보다는 사람이었어요. 여기 사람들 모두 다 잘 생겼잖아요. 남자들이 너무 멋져요. 길거리에서 그냥 걷고 자전거 타는 사람들이 다 예술이에요. 모델들이라니깐요!"

민서의 대답이 의외였다. 적어도 내겐 그렇다. 농반진반의 말이었지만 내겐 진담으로 들렸다. 민서는 외모에 민감했다. 우리나라 젊은 여자들이 자신의 외모에 민감한 것이야 어제오늘 일이 아니지만 자기 외모보다 남자 외모에 더 민감한 건 의외였다. 자신의 미모 때문인지, 자기 외모보다는 잘 생긴 남자들에 관심이 더 있는 듯했다. 예전엔 여자만 예쁘면 되고 남자는 좀 못생겨도 상관없었는데, 이젠 좀 다른 세상인가 보다. 여자가 예쁘면 남자도 거기에 걸맞게 잘 생겨야 한단다. 커플도 물건의 세트처럼 잘 어울려야 한단다. 커플링처럼. 언밸런스는 봐줄 수 없다는 거다.

정말 여기 남자들이 멋진 것은 나도 인정할 수밖에 없다. 그냥 방향을 묻자고 다가간 남자 경찰도 말 붙이려고 하는 순간 브래드 피트인줄 알 정도였으니까. 그것도 키 큰 브래드 피트. 여긴 키가 큰 브래드 피트가 거리에 지천에 널려있다. 남자들 얼굴에서 광채가 나는 바람에 따로 관광 하지 않아도 관광이 되는 도시이긴 하다. 옷도 참 잘 입는다. 모든 사람이 우리 관점에서 보면 패션모델이다. 할아버지, 할머니부터 젊은이들까지 남녀노소를 가리지 않고 다들 그야말로 '스타일리시' 하다. 스카프 하나를 해도 우중충한 색깔이 없다. 미적 감각이 탁월하다. 날씨 때문인가? 날씨가 좋지 않으면 세로토닌이 잘 안 나온다는데. 그것이 세계 최고의 행복국가에 자살을 몰고 오는 가장 큰 원인 중 하나라고 하는데, 패션은 세로토닌의 분사에 큰 기여를 하고 있음이 틀림없다. 이들의 패션 센스는 날씨에 저항하는 무의식적 감각이다.

물론 북구의 여자는 좀 다르다. 내겐 남자와 달리 그 아름다움이 좀 과도하게 느껴진다. 역전에서 거대한 짐을 한몸에 꾸려 가는 여인네 모습을 보다 보면, 내 무거운 항공 짐을 그냥 한 손으로 번쩍 들어 올려 급경사 계단으로 파바박 가볍게 오르는 민박 여주인을 보다 보면, 이들이 왜 남녀평등에 다른 민족보다 더 빨리 도달했는지 쉽게 짐작이 간다. 나약한 여성을 위해 남자가 짐을 들어야만 할 것만 같은 느낌을 느낄 이유도 상황도 없다. 그런데 전혀 힘들일 없는 문 손잡이는 남자들이 뒤따라오는 '거대한 여자'를 위해 고이 잡고 기다려 준다. 바이킹족의 후손에게 이런 모습은 이제 배려의 욕구가 아니라 소통의 욕구에서 나온 것임을 나도 잘 안다. 바이킹족 그녀들은 손가락 끝으로도 쉽게 열 수 있는 것이니까.

우월한 여성의 이혼권

이혼문제도 그렇다. 사실 덴마크의 이혼율은 아주 높다. 두 쌍 중에 한 쌍이 이혼한다. 그런데 이걸 우리 잣대로 보면 헷갈린다. 이혼은 아주 고통스러워야 하는데, 물론 기쁜 일은 절대 아니지만 그렇다고 못 할 일도 아니다. 여기서 이혼은 자연스러운 관계의 한 과정이다. 대부분 동거로 시작하고, 아이를 낳으면 결혼신고를 한다. 육아 복지수당을 받기 위해서다. 결혼신고와 이혼신고도 간단하다. 절차도 필요 없이 종이 한 장이면 된다. 우편으로 부쳐도 이혼이 된다. 재혼해도 이전 부부관계의 자녀와 현재 부부관계의 자녀가 함께 사는 것이 문제가 안 된다. 또 18세만 되면 부모 곁을 떠나 모두 독립하고 부부관계도 독립적이니 자녀 때문에 부부 문제가 생길 여지도 적다.

우리는 한번 결혼하려면 엄청난 비용이 든다. 결혼과 예단 등에 드는 비용도 많고 주변 사람들 모두에게 결혼을 광고하니 인지적 부담도 크다. 남편이나 아내가 미워도 참고 사는 경우가 많다. 또한 경제적 문제, 사회적 인식 문제 등이 이혼을 쉽게 허락하지 않는다. 물론 우리 사회도 이혼율이 증가하고 있지만 아직도 많은 사람이 '인내하며 사는 경우'가 많다. 삶이 응어리질 수밖에 없다. 반면 덴마크는 결혼과 이혼, 동거 등 '짝들 간 관계방식'이 상당히 유연하다. 그런데 오히려 이 유연하다는 것 때문에, 함께 사는 동안에는 서로 조심하며 존중한다. 저 사람이 좋다면 의무도 그만큼 수행해야 한다. 아이 키우기도 분담하고, 집안일도 분담한다. 그래야 이혼하지 않고 함께 오래 살 수 있지 그렇게 하지 않았다간 그냥 바로 이혼이다. 관계가 수평적이며 평등해지는 것이다. 물론 덴마크도 남자가 돈을 좀 더 벌어오고 여자가 집안일을 좀 더 해야 한다는 생각은 있다고 한다. 그러나 우리의 그런 부부 사이의 고정된 성역할관념과는 거리가 멀다.

사물에는 늘 양면이 있다. 덴마크에서 본 것은 높은 이혼율에도 양면이 있다는 것이다. 코펜하겐에 오기 전 높은 이혼율은 어찌 되었든 큰 사회적 문제라고 생각했다. 그러나 여기선 이혼율 자체를 문제로 거론

하지 않는다. 개인의 선택일 뿐이다. 개인이 선택하는 하나의 '천부인권'이다. 그러니 이혼율을 낮추려는 대책도 없다. 양쪽 둘 다 그런 권리를 갖고 있어 헤어지기 싫다면 서로에게 잘 해줘야 한다. 우리의 경우는 남편이 바람을 피워도 이혼을 원치 않는 부인이 많다고 한다. 남편이 돈 잘 벌면 더욱 그렇다는 것이다. 그러니 '능력 있는 남편'은 오히려 기세등등하며 바람피우는 경우도 있다.

이곳 덴마크에서 바람피우기란 바로 이혼과 동격이다. '재력이 넘쳐 가장의 역할을 하고도 남는' 남편이 바람을 피워도 이곳 덴마크에선 여지없이 그 죗값을 치러야 한다. 배반에 용서란 없다. 남편의 경제적 능력 탓에 상습적인 바람을 묵인하는 '중세적 패트론' 개념은 없다. 이혼율 높은 나라에서 여성들의 행복도도 높은 이유가 바로 여기에 있다. 잘 살고 싶으면 알아서 책임질 수 없는 행동은 하지 말아야 하고, 책임질 행동을 했으면 스스로 책임져야 한다. '바람'은 돈으로도 반지로도 아파트로도 그 어떤 물질적인 것으로도 용서받지 못한다. 이런 나라에서 여성들의 행복도는 그렇지 않은 나라보다 더 클 수밖에 없다. 그것 때문에 평상시의 관계도 수평적일 수밖에 없다.

'그래도 혹시 이곳 덴마크에서 바람을 피우는 남편의 행복도는 더 올라가지 않을까?' 그런 생각을 해봤다. 그런데 아니다. 양다리 걸치기는 더 힘들고 피곤한 법이다. 덴마크를 포함한 북유럽 국가의 청년들은 일찍부터 독립한다. 독립하지 않으면 마마보이, 마마걸 취급을 받는다.

독립이란 이들에게 당연한 인생의 절차다. 우린 결혼을 해도 처가나 친정 근처에 어떻게든 살려고 한다. 부모에게 평생 의지할 것처럼 산다. 그러니 친가, 처가에 부담되는 이혼이란 당사자에게도 큰 부담이다. 웬만하면 그냥 산다. 덴마크인들에게 이혼은 부담이 아니다. 다시 원래 하던 독립된 생활을 하면 된다. 후가hygge가 있어 혼자 살아도 외로움을 피할 기회가 많다.

우리나라 법원이 이혼숙려제를 도입했다고 한다. 이혼하기 전 다시 한번 생각할 말미를 주는 것이다. 이 제도의 도입으로 이혼율이 크게 줄어들었다고 한다. 만약 그게 서로의 소통과 대화를 넓혀주었다면 맞는 말이다. 그러나 이혼숙려제가 이혼의 절차를 더 복잡하게 만들어 이혼을 연기하게 만들었다면 그건 다른 이야기다. 겉보기엔 뭔가 나아지는 것 같아도 그건 봉합이다. 문제는 숨기는 것보다 드러내는 게 더 낫다. 작은 지진들이 대지진을 막는 것처럼. 터놓고 말하고 자기 책임을 통감하도록 해야 한다. 그런 조건이 충족되지 않는다면 이혼숙려제란 절대 행복에 도움되지 않는 정책이다.

덴마크의 높은 이혼율에는 이면이 있는데, 그것은 이혼 후 재결합률도 꽤 높다는 것이다. 우리는 한번 이혼하면 그걸로 끝장이다. 아니, 때로는 원수지간이 된다. 우리에게 이혼이란 복구가 불가능한 관계의

Boksere i træningssalen i 1930'erne. TAGE CHRISTENSEN
Boxers train in the gym in the 1930s.

종말이다. 그런데 덴마크엔 이혼 후 재결합이란 개념도 있다. 나라마다 이혼의 수준과 개념은 이렇듯 다르다. 그렇다면 어떤 이혼이 '더 좋은 이혼'일까. 그건 말할 필요도 없이 인간을 덜 구속하고 더 많은 자유를 주는 것이다. 나쁜 것을 역겨워하여 미루기보다는 나쁜 것을 덜 나쁘게 하면서 겪어내는 지혜가 필요하다. 인생이란 학교에서는 행복보다 불행이 더 훌륭한 스승이다.

외모와 고이동성사회

여기 덴마크 사람들이 외모를 따지지 않는 것만 해도 고맙다. 자유와 행복을 주는 일이다. 얼굴을 형틀로 보지 않고 그냥 순수한 얼굴로 봐주니 흐뭇하다. 우리나라처럼 성형수술 광고가 전혀 없다. 만약 수술을 한다면 다들 코를 낮추고 턱을 붙이는 수술 정도나 필요할 듯. 이들은 왜 외모 지상주의가 아닐까. 다들 잘 생겨 일까. 패션에 민감한 것으로 봐선 외모에 관심이 없는 것도 아니다. 그렇지만 잘 생기고 못 생기고로 인간을 따지지는 않는다.

우리는 누구를 위해 외모치장, 성형수술을 하는 것일까? 부모나 형제자매를 위해 하는 사람은 없다. 물어보니 대개는 대학에 들어가 인간관계가 넓어질 때 성형수술을 한다고 한다. 소위 수능특수란다. 또 연애를

하거나 취직을 할 때도 외모가 필요해 수술을 한다는 것이다. 연애도 쉽지 않고 취직도 어려운 시대이니 성형에라도 매달리지 않을 수 없다. 부모도 형제도 친구도 아닌 그냥 알고 스치는 사람들을 위해 결국 성형수술을 하는 것이다. 그래서 아마도 성형수술을 가장 많이 하는 계층은 접촉하는 사람이 많은 영업직이나 대인서비스직일 것이다. 그렇다면 만약 우리가 스쳐 지나는 사람보다는 자주 보는 사람과 더 오래 시간을 보내는 사회구조를 가지고 있다면 외모지상주의, 성형수술이 많이 줄어들지 않을까.

우린 외모가 그 사람의 주변적인 특성인 줄 잘 안다. 평판으로 치자면 당연히 성격이 중심이고 외모는 주변적이다. 회사생활을 할 때도 오랫동안 좋은 사이를 유지하게 되는 동료는 성격이 좋은 동료이다. 외모는 일시적이고 부차적이다. 그러나 외모는 바로 그런 짧은 시간적 길이에 영향을 받는다. 마구 스쳐 지나는 사회에서 외모는 부차적이지 않고 중심의 위치를 차지한다. 이것은 선물을 할 때 시계 달린 라디오가 그렇지 않은 라디오보다 더 잘 팔리는 것과 비슷하다. 오랫동안 갖고 있을 라디오라면 스피커가 좋은 라디오를 산다. 그러나 내가 잠깐 가지고 있을 것이고 남에게 줄 선물이라면 라디오의 부차적인 기능인 시계가 있는 라디오가 더 멋져 보인다. 시간이 짧고 일시적이면 사람들은 주변적인 것에도 신경 쓰지만, 오래 가지고 있을 거라면 그 상품의 본질적 특성에 더 많은 주의를 기울이게 된다. 우리는 누구와 오랜 시간을 보내야 할 때, 예컨대 결혼 상대자를 구한다든가, 회사의 임원을 뽑는다든가 할 때는 외모보다 그 사람의 성격과 능력을 더 중요시한다. 물론 배우자로 외모를 훨씬 더 중시하는 사람도 있지만, 필시 이런 사람은 오랜 결혼생활을 하겠다는 의지보다는 아내를 전시용으로 활용하려는 요량이 더 클 수도 있겠다.

외모를 크게 중시하지 않는 덴마크 사회는 그런 면에서 인간관계가 안정되고 반복적인 사회임을 미루어 짐작할 수 있고, 반면 외모 중심의 우리 사회는 대단히 동적이고 일시적인 관계적 특성을 지녔음을 알 수 있다. 인간관계의 폭이 넓다고 늘 좋은 것은 아니다. 때로는 인간관계가 너무 넓어 속을 모르고 그냥 겉만 알다 지나는 일이 많을 것이다. 마음은 습관이어서 손에 잡히지 않아 시술이 어렵지만, 얼굴은 수공이 가능한 구조물이다. 그래서 고쳐진 얼굴이 일시적 관계에 도움이 되는 것만은 분명하다. 그러나 뭐든 오래되어야 제대로 된 게 나오는 법. 그게 친구관계든, 애인관계든, 결혼관계든, 사업관계든 오래 숙성하는 데 필요한 것은 형체가 아닌 온도다. 아무리 시술이 성공적이어도 예쁜 얼굴에 냉기와 냉소가 흐르면 관계를 숙성시키는 데 별 도움이 못된다.

외모 생각을 하다가 수려한 외모와 기장을 가진 민서에게 이렇게 묻고 싶었다. '우리나라 여자들은 대부분 성형수술 하잖아. 너도 성형수술

했니? 그러나 이건 아니다 싶었다. 그래서 이렇게 물었다.

"취업할 때 이젠 외모도 중요하다면서? 민서는 그럴 걱정 없어서 좋겠다."

역시 좋아한다. 인상이 확 펴진다.

나도 기분이 좋아졌다. 내친김에 이어서 질문했다.

"넌 엄마 닮았니? 아빠 닮았니?"

민서의 인상이 갑자기 확 구겨진다.

아, 이런 질문은 하지 않는 것인데, 궁금한 건 참을 수 없고. 민서가 성형수술하고 안 하고가 뭐가 그렇게 중요할까. 그 사람이 좋으면 그만이지. 여긴 덴마크라 덴마크식으로 해야 하는 건데, 갑자기 버럭 질문이 튀어나왔다. 젊은 여대생에게 말조심은 아무리 강조해도 절대 지나치지 않다.

일곱 번째 생각, 큰 행운과 적당한 행운의 차이

코펜하겐의 쇼핑거리 스트뢰이어트에 자리 잡은 레고샵에 들렀다. 레고로 만든 다양한 모양들. 알고 만든 것인지는 모르겠지만 다보탑 같은 모양도, 석가탑 같은 모양도 있었다. 가게지만 아이들이 놀 수 있는 장소도 있다. 레고는 덴마크 기업으로 아마 세계에서 가장 많이 알려진 회사일 것이다. 어릴 적 레고를 가지고 놀면서 방에서 꼼짝달싹 안 하고 몇 시간을 있어 본 기억들은 다 있으니까. 그렇지만 레고가 덴마크사회에 미친 영향은 우리나라의 젓가락만큼이나 크지 않을까 싶다. 우리나라 사람의 손재주가 문화 예술부터 산업과 의료분야까지 거대한 영향을 미치듯이, 레고는 덴마크인들의 장인적 손재주에 거대한 영향을 미친 듯하다. 기나긴 겨울밤 야외활동이 어려울 때 레고는 집안에서 아이들의 친구였을 것이며, 레고와의 오랜 시간은 장인적 기질로 이어져 제조와 디자인분야의 세계적인 경쟁력의 원천이 되었을 것이다.

레고에는 10대 원칙이 있다고 한다. 그 10개의 원칙이 흥미롭다.

1. 놀이의 기능성이 무한할 것

2. 남녀 아이 모두를 위한 것

3. 모든 연령의 아이들에게 맞는 것

4. 일 년 내내 가지고 놀 수 있는 것

5. 아이들의 건강과 편안함을 고려할 것

6. 적당한 놀이 시간을 지킬 것

7. 발전, 환상, 창의력을 증대시킬 것

8. 더 많은 놀이의 가치를 증폭시킬 것

9. 쉽게 보충할 수 있을 것

10. 품질이 완전할 것

이런 것인데, 상품이면서 몇 가지 눈에 들어오는 말들이 있다. 남녀 아이 모두를 위한 것이라는 것이다. 도구사용은 흔히 남성을 위한 것인데, 레고는 여자아이들도 함께 가지고 논다. 오랜 시간이 지나면 여성들도 장인적 도구 활용에 뛰어난 능력을 발휘할 것이다. 그리고 일 년 내내 가지고 놀 수 있어야 한다는 것과 적당한 놀이 시간을 지킬 것이라는 원칙이 있는데 이러면 상품을 많이 팔 수 없다는 것이 뻔한 데도 소비자 스스로가 많이 만들어보라고 한다. 회사매출분석을 해볼 생각은 없으나 이런 원칙이라면, 예상컨대 매출액은 지속적 상승기조보다는 자기 영역을 지키는 정도밖에 되지 않을까 싶다. 물론 쉽게 보충할 수 있을 것이란 원칙에서 보자면 더 많은 블록을 사게끔 만들 수도 있겠지만 적당한 놀이시간과 아이들의 건강을 원칙으로 내세운 것을 보면 탐욕적 생리와는 거리가 멀어 보인다.

물론 우리 눈에는 '반반한 말'이 될 수도 있으나 적어도 덴마크인에게 그건 진실을 말하고 있는 것이다. 이것은 그곳에서 엿본 그들의 삶의 방식 때문이었다. 세계 최고의 라스워너 가구라고 해도 1년에 3,000개만 만든다. 라이센스 제작, 하청 제작 같은 건 없다. 코펜하겐의 가게들도 그날 준비한 음식이 다 팔리면 6시여도 문을 닫는다. '잘 되면 프랜차이즈로 간다'는 공식 같은 것은 별로 없다. 실내인테리어와 소품들로 유명한 코펜하겐 중심가의 로열카페도 사람들이 북적이는 임대매장이었지만 오랫동안 그 자리를 지키고 있다. 임대계약을 10년 동안 보장받아 임차인이 임대료를 인상하지 않기 때문이다. 실내가구는 최고급이어도 커피 값은 그렇게 비싸지 않다. 우리나라 한 대기업이 코펜하겐의 로열카페 특허사용권을 계약하려 했는데, 커피 값을 너무 비싸게 책정하는 것이 못마땅해서 계약이 성사되지 못했다는 얘기도 들린다.

우리 방식은 이렇다. 사람들이 몰리는 카페가 생기면 카페의 가치가 상승하고 당연히 건물 임대료도 비싸질 것이다. 그러면 그 카페는 아무리 잘 되어도 임대료를 감당할 수 없어 문을 닫거나 더 싼 곳으로 옮겨야 한다. 임차인은 임대 2년간만 권리를 보장해하고 그 후엔 임대인을 내쫓을 수 있기 때문이다. 임차인은 기존 카페를 내쫓고 그곳에 더 비싼 임대료를 낼 수 있는 비싼 카페를 유치한다. 예전 그 카페를 좋아해 찾던 사람들은 어디론가 사라진 그 카페를 아쉬워한다. 그게 우리 방식이다. 이해할 수 없는 것이 아니라 충분히 이해할 수 있다. 자기 돈벌이가 우선이기 때문이다. 홍대카페들이 그렇고, 이태원 카페들이 그렇고, 강남카페들이 그렇다. 그래서 우리에겐 작은 문화가 자리 잡을 틈이 없다. 홍대카페 골목은 어느덧 명품 패션가게와 고가의 프랜차이즈카페가 자리하고 예전의 아담한 문화를 생성하던 카페들은 한적한 주변으로 밀렸다. 골목골목 또 작은 카페들이 생겨나지만 손님이 없으면 임대료를 지불하지 못해 사라지고, 손님이 많아져도 임대료를 지불하지 못해 또 사라진다. 몇 년 존속하다 사라지는 문화가 어찌 문화가 되겠는가. 문화의 인프라는 그런 것이다. 욕심내어 돈 크게 벌면 당장이야 스스로 주머니가 불러 좋겠으나 얼마 후 문화가 사라지고 결국 모두 다 사라진다.

LET'S SMUSHI!
THE ROYAL CAFE
VELKOMMEN WELCOME
SMUSHIES
MINI SMØRREBRØD
ÅBENT / OPEN
MONEY CHANGE

ROYAL COPENHAGEN PORCELAIN
THE ROYAL CAFE

역동성과 다양성 없는 소비만을 위한 백화점 같은 곳을 문화애호가들이
굳이 찾아올 리 없다. 그럴 바엔 그냥 현대백화점이나 신세계백화점을
가면 되기 때문이다.

레고와 안티마초anti-macho

레고매장을 나오면서 민서에게 물었다.

"너도 레고 같은 대기업에서 일하고 싶겠구나."

그러나 민서의 대답은 달랐다. 대기업보다는 전문성을 키울 수 있는
기업도 좋을 것 같다고 한다. 며칠 덴마크를 본 후 생각이 달라진 것인
지 창업도 재밌을 것 같다는 말까지 한다. 대기업을 다녀야 '좀 먹어준
다'고 했던 사람이 맞는지 의심이 갈 정도로 자신감 있는 말투였다.

"잘 생각한 것 같다. 우리나라 100대 대기업의 전체 등기임원이 800
명 정도라는데 그 중 자기 능력으로 승진한 여자 임원은 10명도 안 된다
면서?"

얼마 전 신문에서 본 내용이었다. 오너 쪽 가족들을 빼면 사실상 대기
업 경영에 참여하는 여성임원은 한 명도 없었던 것도 기억났다. 젊은 민
서에게 그것까지 이어서 말할 이유는 없었다.

우리 사회는 가히 마초들을 위한 사회다. 법적으로야 남녀평등이 명문화되어 있고 실제로 많이 진척되었지만 여전히 권력의 배분 면에서 보자면 마초 중심의 사회를 벗어나지 못했다. 마초의 위력은 생각보다 엄청나다. 유럽사회가 지금의 탈가부장과 평등 지향적 사회가치를 만든 것도 혁명적 변화를 통하지 않았으면 불가능했을 것이다. 그 계기는 '68혁명'이었다. 그것이 지금의 덴마크 63%, 프랑스 75% 같은 무시무시한 고세율에도 또 다른 '반혁명' 없는 묵시적 동의를 가능하게 한 출발점이었을 것이다. 고세율을 피하기 위해 러시아 국적을 획득한 배우 제라드 드빠르디유에 대한 그 많은 프랑스인의 실망감에서 그런 정서를 충분히 감지할 수 있었다.

68혁명은 프랑스 낭트대학(지금의 파리10대학)에서 시작되었는데, 당시의 직접적인 문제는 낭트대학 여자기숙사의 개방이었다. 여성을 성 도덕에 가두지 말라는 성 평등을 요구한 것이다. 이제 이것은 내가 묵은 코펜하겐의 민박집에서 더 자연스럽게 나타난다. 여주인 코헨은 나이가 30대 중반으로 보였는데, 20대 초반의 앳된 젊은 남자 마이클과 '동거'하고 있었다. 처음엔 무슨 특별한 사이인 줄 알았는데, 같이 일주일을 살다 보니 그게 아니었다. 정말 '그냥 같이 살기'만 한다. 하우스 메이트였다. 이성 간에도 그냥 집을 같이 쓴다. 화장실도 하나뿐인데 같이 쓴다. 난 처음에 난감했다. 이런 상황에 적응이 어려워 어찌해야 할 바를

몰랐다. 그러나 그들은 잘 알려주었다. 화장실은 남이 쓸 데 자기가 쓰지 않으면 되는 것이었다(!). 이곳에서 난 남자니 남자끼리, 여자들끼리 사는 집을 구한다고 하면 오히려 그게 이상하다. 일상생활에서 남녀가 구별을 둘 일이 따로 없는데 방을 구할 때 그 집에 다른 성별이 있다는 것을 문제 삼을 이유가 없다. 차별의 핵인 남녀차별이란 것이 없는데 다른 차별도 작을 수밖에. 다른 차별도 남녀차별처럼 무던히 철폐하려 애쓸 것이니까.

이렇게 평등 지향적 가치는 68혁명을 거쳐 대학의 기숙사에서 기업으로, 소수자에게로 확대되었다. 전쟁으로 약소국을 억눌러선 안 되며, 기업에서도 여성이 불리해선 안 되며, 대학에서도 교수의 권위가 학생을 억압해선 안 되며, 동성애자들이 차별받아서도 안 되는 가치가 사회의 주류가치로 자리매김한 것이다. 모든 사회적 차별의 철폐를 주장했던 68세대가 성장하여 국가를 경영하는 고위직이 되었건만 젊은 시절에 지녔던 가치를 외면하지 않았다. 그런 가치를 지속하려는 노력은 지금도 여전히 사회 곳곳에 스며들어 있다.

덴마크는 동질적인 사회여서 그들끼리의 차별은 이제 거의 없지만, 외지인에 대한 차별은 상대적으로 클 수 있다. 스웨덴, 덴마크, 노르웨이, 네덜란드 등 북구의 여러 나라 중에서도 가장 동질적인 나라라고 평가받는 덴마크와 스웨덴은 그래서 왕따 문제를 가장 큰 사회문제 중의 하나로 본다. 덴마크는 왕따 문제 해결을 위한 세계적인 컨퍼런스를 개최하고 있다. 덴마크의 옆 나라 스웨덴도 그들의 왕따 공익광고를 보면 그들이 겪는 왕따 문제의 심각성을 잘 알 수 있다. 그 광고의 내용은 이렇다. '빨강 머리를 가진 소년이 아이들의 괴롭힘을 당한다. 이를 지켜본 골목대장이 다음날 빨간색으로 머리 염색을 하고 오는데, 아이들이 빨강 머리를 놀리려는 찰나 골목대장의 빨강 머리를 보고 그냥 지나친다.'

우리의 평등과 공생에 대한 경험은 아직 여기까지에는 이르지 못한 듯하다. 오히려 21세기 들어 탐욕적인 자본주의가 득세하고 미디어가 그것에 복속되면서 차별은 더 심화되고 있는 듯하다. 그러나 그것을 68년처럼 '혁명적 방식'이 아니고 은근슬쩍 변화시키는 '넛지적 방식'으로 한번 바꿔가는 것은 어떨까. 빨강 머리 광고처럼 말이다. 작은 것들이 더욱 힘을 얻고 그러다 보면 거대하고 강하고 높고 앞선 권위의 세력들이 주변 것들과 조화를 이루는 날이 올지도 모른다. 그건 튼튼한 몸이 그 튼튼함을 유지하는 원리와 같다.

튼튼한 몸은 서로 다른 세포들이 고루 균형을 이루는 것이다. 어떤 한 세포가 거대해지고 강해지고 높아지고 앞서면 그 세포엔 너무나 좋은 환경이겠지만 그때부터 우리 몸은 망가지기 시작한다. 그 과대성장 세포를 우리는 '암'이라 부르지 않는가. 암적 존재란 가만히 구석에 처박혀 있는 존재가 아니다. 구석에 처박혀 있는 사람은 오히려 남에게 피해를 주지는 않는다. 종양도 양성은 그냥 처박혀 있을 뿐 다른 세포에 피해를 주진 않는다. 그러나 악성종양은 자기 주변의 모든 것을 먹어치운다. 주변 것을 빼앗아 자기만 배 부르려는 존재다. 그놈이 강해질수록 역설적으로 우리 몸은 피폐한다.

남성의 힘이 거대해진 마초사회는 여성에게 해롭다. 그리고 결과적으로 남성에게도 해롭다. 단기적으로 보면 남성이 여성 경쟁자를 누르고 높은 자리를 획득한 것 같으나 장기적으로 보면 끊임없는 피곤함으로 자신의 충성심을 다른 남성에게 공납해야 하는 권위의 구조가 온존된다. 그래서 이제 생태적 발전을 말한다. 생태적 발전이란 고루고루 모든 다른 것들이 서로 균형 있게 발전해서 오랫동안 지속 가능해지는 프레임이다.

큰 성공의 흑마술, 작은 성공의 백마술

우리나라 어느 추운 도시의 축제가 큰 성공을 거두었다. 기대 이상으로 큰 성공을 거두었다. 그러나 기대 이상의 큰 성공은 거칠다. 같은 동네에서 큰 부자가 된 집도 있고 제대로 돈을 벌지 못한 집도 있다. 예전에는 오손도손 서로 인사하고 무슨 일 있으면 가게도 서로 지켜주고 했던 사이가 이제는 껄끄럽다. 큰 성공이 작은 성공보다 성공적이지 않은 이유이다.

개구리의 세계에서 약간 큰 개구리는 위엄 있지만, 엄청나게 큰 황소개구리는 위압적이다. 존경은 나의 안전 보장을 전제로 한다. 그래서 순종을 이끌어낸다. 위협으로 복종을 강요한다면 존경이 아닌 경멸의 대상이다. 나까지 잡아먹는 황소개구리에게 위엄을 부여하고 존경하는 개구리는 없다. 그래서 복종해도 늘 본심은 배반 쪽이다. 힘 빠진 황소개구리란 헌신짝이다. 오래되어 정 붙기보다는 밉상이어서 미련이 없다. 그러니 황소개구리는 더욱 커지고 더 강력해져야 한다는 강박에 갇힌다. 서로 도토리 키 재기를 하며 자신들의 곱상을 뽐내던 개구리 동네는 황소개구리의 강박증이 지배하는 거친 황야에 복속된다.

원주민 전통사회에서는 근면하거나 기술이 좋아서 혹은 여타의 이유로 좋은 수확을 거둔 농사꾼이 있을 때 모두가 마땅히 그를 칭송해주었다고 한다. 그러나 그 농사꾼이 '지나치게' 큰 성공을 거둔다면 이야기는 달라진다. 이 경우엔 자신이 시기심을 품은 자의 흑마술 저주에 걸려

들었다는 망상에 빠진 채 가세가 기울게 내버려두는 것이 마땅한 일이다. 흑마술은 남을 돕는 등의 선한 목적에서 하는 백마술(White magic)과 대비되게 남에게 해코지하려는 의도에서 벌이는 마술이다. 보통 같은 마을 안에서 흉작이나 가족의 불상사 등이 있으면 다른 이웃 누군가가 흑마술을 부려서 그런 것이라는 수군거림이나 시비가 벌어지는 일이 전통 사회에는 자주 있었다. 그런데 지나친 행운에도 흑마술이 따라다닌 것이다. 이런 이유로 폴라니는 그의 〈거대한 변환〉에서 한 개인의 지나친 경제적 성공은 공동체를 파괴하는 속성을 지녀 바람직하지 않다고 했다. 현대사회처럼 전통사회에서도 '불행'이나 '지나친 행운'에는 뜬소문이 따라다녔다. 어느 시대 어느 사회에서나 '적당한 행운'이 뒷말도 없고 뒤탈도 없다.

행운을 얻은 자의 자만과 겸손

결국 행운을 얻는 사람은 어떤 사람인가. 물론 노력하는 사람이다. 노력하는 자에겐 복이 온다. 그러나 이것도 엄격히 말해서 맞는 답은 아니다. 노력하는 사람이 다 성공하는 것은 아니기 때문이다. 그렇다면 성공하는 사람은? 물론 대부분 노력하는 사람이다. 그러나 노력을 하긴 했으나 죽어라 노력하지는 않고 어쩌다 노력했는데 성공하는 사람도 있다.

소수이긴 하나 이런 사람이 반드시 있는 것이다. 또 노력을 열심히 한 사람 중 극소수만이 엄청나게 많은 부를 소유한다. 당신은 어디에 해당될까. 확률은 알아도 나에겐 어떤 것이 해당될지 모르니 점을 치고 남의 말에 혹하는 것이다. 사실 나보다 100배 돈 많은 사람을 봐도 나보다 능력 있는 것은 사실인 것 같으나 그 능력이란 약간 더 있을 뿐이지 나보다 100배 더 능력 있다고 생각하지는 않는다. 때때로 내가 더 잘할 때도 있는데, 상대방은 100배를 더 가져간다. 왜 그럴까. 그것은 작은 차이가 큰 차이를 만드는 네트워크 효과 때문이다.

당신이 시골에서 서울의 초등학교로 전학을 왔다고 하자. 친구를 사귀어야 하는데, 어떤 친구를 사귈 것인가. 성격이 좋은 친구일 것이다. 그런데 오자마자 성격이 좋은지 나쁜지 어떻게 알 수 있는가. 잘 모르기 때문에 이미 친구가 많은 아이가 성격이 좋다고 생각할 것이다. 그 친구를 사귀면 다른 친구들도 쉽게 사귈 수 있다. 어차피 친구가 많았던 그 친구는 큰 힘 들이지 않고 또 다른 전학생 친구를 얻은 것이다. 결국 약간 성격이 좋을 뿐인 한 친구는 그 반에서 다른 친구보다 몇 배나 더 많은 친구를 큰 노고 없이 사귈 수 있다. 결국 막대한 네트워크가 노력 그 자체보다 더 많은 이익을 내는 것이다. 이것은 친구 관계만이 아니다. 우리가 물건을 사거나 음식을 사 먹을 때, 심지어 책을 살 때도 그것을 확인해볼 길이 없어서 그냥 다른 사람들이 많이 사는 것을 사지 않는가.

이제 이렇게 이야기를 해보자. 내가 상대방보다 10배의 이득을 얻은 것은 내가 그 사람보다 10배의 노력을 했기 때문이라고 이야기하는 것은 솔직한 것인가. 만약 누군가가 많은 돈을 벌게 된 것을 전적으로 자기가 잘 나서 당연히 받을 보상을 받았다고 말한다면 그것은 정당한 말인가. 이제부터 그것은 그 사람이 흑마술에 걸렸기 때문에 그렇게 말하는 것이라고 보면 된다.

진정 마술이 필요한 이들

몇 해 전의 일이다. 정부의 사업으로 학생들에게 해외연수를 보내줄 수 있었다. 1인당 항공료, 숙식료, 교육비 전액 등 약 천만 원이나 지원되는 사업이었다. 학점순으로 10명을 선발했다. 사실 나는 선발된 학생들이 너무나 기뻐하고 다 연수를 갈 줄 알았다. 그런데 며칠 후 한 학생이 갈 수 없다고 했다. 왜냐고 물었더니 방학 동안에 아르바이트를 해야 한다고 한다. 그리고 며칠 후 또 한 학생이 와서 갈 수 없다고 한다. 이유는 비슷했다. 그리고 또 한 학생이 왔다. 엄마가 아파 집안일로 도저히 갈 수 없다는 것이다. 좋은 기회인데 다시 생각해보라고 말했지만 세 학생 모두 풀 죽은 얼굴에 어깨는 늘어졌다. 체념하는 것에 익숙한 듯했다. 집에 대한 책임감이라는 부담이 해외연수라는 생각의 여지를 없애버렸다. 3개월간의 해외연수보다는 3개월간의 편의점 아르바이트가 훨씬 급하고 중요했다. 3개월 편의점 아르바이트는 하루 6시간 시급 4천 원, 3개월 240만 원이다. 240만 원이 '바로 손에 쥐어지지 않는 천만 원 연수티켓'을 걷어차 버린 것이다. 이 상태는 '꽉 찬 여행 가방'이다. 꽉 차버린 여행 가방에는 더 이상 넣을 수 없다. 학생들 생각은 집의 부담감으로 꽉 차버렸다. 다른 생각은 들어갈 여지가 없었다. 아무리 좋은 물건이어도.

그래서 생각했다. 오히려 이 세 학생에게 240만 원을 현금으로 더 주면서 해외연수를 보내는 게 낫지 않을까. 물론 돈을 낭비하는 것 같고 퍼주기 같다. 그러나 아무리 '미래의 너를 위해 천만 원이나 투자된다'고 해도 그 세 학생에겐 먹히지 않는다. 시급한 것이 늘 우위에 서 있어 중요한 것을 미루는 환경에 오랫동안 익숙해 왔기 때문이다. 미국의 어느 빈민지역은 결석률을 줄이려고 학교에 오면 하교할 때 매일 1달러를 주었다. 그랬더니 학생들의 결석률이 확 줄었다고 한다. 누구는 이런 즉각적 보상이 내재적 동기를 앗아간다고 비판하지만, 사실 내적 동기란 외적 보상에 의해 형성되는 경우도 많다.

외적 보상은 의외로 많은 부분에 영향을 미친다. 스티브 잡스도 수학에 흥미를 얻은 이유가 수학 선생님의 롤리폴리 때문이었다고 하지 않던가. 롤리폴리 덕에 수학공부를 열심히 하게 되었고 그러다 어느 순간부터

롤리폴리 없이도 수학에 흥미를 느낀 것이다. 모든 동물은 보상에 민감하다. 인간도 동물이다. 그러므로 인간도 보상에 민감하다. 시급한 것이 가장 중요한, 그래서 성공하기 어려운 빈곤층에게 스스로 내적 동기를 가지라고 말하는 것은 너무 가혹하다. 그들은 내적 동기를 형성할만한 계기나 보상과 마주할 기회가 별로 없었기 때문이다.

극단적 사례로 범죄자를 한번 보자. 대부분의 범죄자는 미래를 극단적으로 저평가한다. 범죄란 '보상은 즉각적이고 비용은 나중에 청구되는 도박'이다. 이들의 평균 수명은 아주 낮다. 시카고의 빈민가에서 농구 선수를 꿈꾸는 젊은이들을 다룬 다큐멘터리 〈후프 드림스Hoop Dreams〉에서 한 소년의 어머니는 아들이 체포되자 그가 열여덟 번째 생일까지 살 수 있게 되었다며 기뻐한다. 이들에게는 장기적으로 소유할만한 재산도 없고 투자이익을 보장할만한 것도 없다. 그래서 진정 '세상의 규칙에 예외를 적용하는 마술' 은 정작 이들에게 필요하다. 미래가 예측 가능하고 그래서 안심하고 자신의 미래를 볼 수 있는 능력인 백마술이 그것이다.

덴마크 효과Danish effect

　공리주의자 제레미 벤담은 '최대 다수의 최대 행복'을 위해 쾌락계산법(hedonic calculus)이라는 것을 고안해서 행복을 측정했다. 7가지 척도가 제시되었고 이것들에 따라 쾌락이나 고통의 가치가 결정되었다. 순수성(purity, 쾌감 뒤에 고통이 뒤따르느냐 아니냐), 강도(intensity, 쾌락의 세기와 힘), 근접성(propinquity, 쾌락이 얼마나 가까운 장소나 시간에 있느냐), 확실성(certainty, 쾌락의 확실함), 풍요성(fecundity, 같은 종류의 쾌감이 뒤따르느냐 아니냐), 범위(extent, 쾌락이 포괄하는 사람의 수), 그리고 지속기간(duration, 쾌락이 지속되는 시간의 길이)이 그것이다.

　이해관계가 걸려 있는 사람의 '수'를 고려하고 각각의 개인에게 위의 척도를 적용하라. 척도당 어떤 한 행위가 개인에게 좋은 점, 전체적으로 좋은 점을 수로 나타내어 이를 '합'하라. 이번에는 나쁜 점을 수로 나타내어 합하라. 양 수치를 비교하라. 쾌락 쪽이 우세하면 이는 그 행위가 전반적으로 '선'하다는 것이다. 개인들이 관여하고 있는 공동체 전체나 만인에게도 그렇다는 얘기다. '고통' 쪽이 우세하면 전반적으로 '악'하다는 의미다.

　평균과 다수결이다. 최대다수의 최대행복이기 때문이다. 그러나 평균산출에 큰 문제가 하나 있다. 바로 고통의 계산이다. 고통과 쾌락은

1대1로 서로 같은 가치라서 서로 교환 가능한가? 최고의 쾌락과 최악의 고통은 +선상과 −선상에서 같은 가치이고 그래서 서로 교환 가능한가? 그렇지 않다. 최고점을 10점이라고 하면, 최고의 쾌락 10점은 다시 평온한 상태인 0점으로 올 수 있지만, 최악의 고통 10점은 다시 평온한 상태로 복귀할 수 없다. 인간에게 최악의 고통은 생명에의 위협이다. 치명적 손상 후, 0점으로 다시 정상의 평온한 상태로 돌아오려면 오랜 시간이 필요하다. 그래서 효용의 비교는 최하층민의 고통에서 봤을 때 무의미하다. 자신의 생명을 담보로 해야 하는 계층의 '고통'과 최상층의 '쾌락'을 단순히 비교해서 수치화했기 때문이다. 그래서 행복도를 말할 때는 단순 평균보다는 실질적인 평균, 즉 편차까지 포함한 평균을 봐야 한다.

덴마크 효과Danish effect는 그래서 만들어진 말이다. 행복 연구의 대가인 에드 디너Ed Diener는 미국과 덴마크의 상층과 하층의 행복도 비교연구에서 상층계급은 덴마크인보다 미국인의 행복도가 약간 더 높고, 하층계급은 미국보다 덴마크인의 행복도가 훨씬 더 높다는 사실을 알아냈다. 그런데 평균으로 보니 덴마크가 미국보다 더 높았다. 최하층의 행복도를 끌어 올려 행복도 평균이 높아졌기 때문이다. 학교에서 반 평균을 많이 높이려면 공부 잘하는 아이보다 최하위권 아이들의 성적을 올리는 게 더 중요한 것처럼. 그래서 백만장자는 덴마크보다 미국에서 더 행복하다. 이것은 또 백만장자란 덴마크보다 미국에서 더 잘 생겨날 수밖에 없다는 것을 말해준다. 미국에서는 백만장자가 다른 어떤 나라

보다 더 행복할 수 있다. 아메리칸 드림의 에너지에는 거대한 양극화의
토양이 그 자양분을 공급한 것이다.

baresso
COFFEE
baresso
COFFEE
CH KOLADE
PB
UIBH FHAILI
HOLBECH
10

여덟 번째 생각, 배금주의는 쥐덫이다

돈이 많은 사람은 행복하나, 돈에 가치를 두는 사람들은 행복하지 않다. 돈이 많은 사람 중에서도 돈에 우선적인 가치를 두는 사람과 그렇지 않은 사람이, 돈이 적은 사람 중에서도 돈에 우선적인 가치를 두는 사람과 그렇지 않은 사람이 있다. 많은 연구가 돈 자체보다는 돈에 가치를 두는 사람들의 행복을 문제시한다. 그 점이 불행에 더 결정적 역할을 하기 때문이다. 1976년 대학에 입학한 같은 학과 학생들을 대상으로 연구가 실시된 적이 있다. 대학에 입학했을 때 "부자가 되는 것이 너 개인에게 얼마나 중요한가"를 물었다. 그리고 다시 19년 후 그들의 수입과 삶의 만족도 그리고 가족과 일과 우정에 대한 만족도를 측정했다. 수입에 관심이 많았던 사람들이 삶의 만족도, 가족과 일과 우정 만족도가 크게 떨어졌다. 물론 수입에 관심이 더 많았던 사람들이 19년 후에 돈도 더 많이 벌었다. 그런 수입의 측면이 물질주의의 부정적 측면들을 상쇄하는 부분이 분명 있었다. 그러나 높은 수입이 중요하다고 생각했던 사람들은, 수입이 내 인생에서 중요하지 않다고 답했던 사람들보다 두 배 이상의 수입을 얻었을 때에야 비로소 같은 수준의 행복을 느낄 수 있었다. 수입이 중요하지 않다고 답했던 사람들이 19년 후 연봉 6천만 원을 벌고 있었다면, 수입이 중요하다고 했던 사람들은 그 두 배인 1억 2천만을 벌어야 그들과 같은 수준의 행복감을 느꼈던 것이다. 그래서 물질주의적 가치관을 지닌 사람은 행복감을 느끼기 위해 남들보다 더 죽어라 일할 수밖에 없다. ‘물질적 행복의 쥐덫’ 에 걸리는 것이다.

물질주의적 가치관을 지닌 사람들이 행복감을 덜 느끼는 이유는 사람과의 친교 즉 사교에 시간을 덜 쓰기 때문이다. 사람과의 관계에서 느끼는 행복감이 행복을 지속하는데 훨씬 더 중요한데 여기에 쓰는 시간이 부족하다는 것이다. 물질적 소유에서 유래하는 행복감은 향락적 행복으로서 그리스시대부터 이미 그 연속성에 한계가 있음을 적시했다.

아리스토텔레스의 〈니코마코스윤리학〉에 의하면, 행복한 사람들은 함께 사는 사람들이다. 외톨이로 사는 삶은 힘겹다. 혼자서는 ‘연속적으로’ 활동하기 쉽지 않은데 반해, 다른 사람과 함께라면, 또 타인과의 관계 속에서라면 쉽기 때문이다. 다른 사람과 함께라면 그 자체로 즐거운 활동은 더 연속적이 될 것이다. 그렇다면 어째서 연속적으로 즐거워하는 사람은 아무도 없는가. 피곤해지기 때문이다. 그것은 모든 인간이 연속적으로 활동할 수 없기 때문이다. 따라서 즐거움 또한 연속적으로 생겨날 수 없다. 즐거움은 활동을 전제로 하니까. 새로울 땐 우리를 기쁘게 해 주었던 어떤 것들이 시간이 지난 후 처음만큼 기쁨을 주지 못하는 것도 같은 이유에서이다. 이것은 마치 무엇인가를 응시할 때 우리의 시각이 그런 것처럼, 처음에는 우리의 사유가 자극을 받아 그것에 관해 왕성하게 활동을 하지만, 얼마 후에는 우리의 활동이 그와 같지 못하고 느슨해지기 때문이다. 이런 까닭에 즐거움 또한 시들해지고 마는 것이다.

그러나 타인과의 관계 속에서라면 즐거움도 연속적이 될 수 있다. 타인과 주고받고 하면서 진부했던 것에 대한 새로움이 싹트는 것이다. 물질적 소유보다는 사람과의 친교가 행복의 영속성을 만드는데 훨씬 유리하다. 그래서 사람들은 집에 쌓아놓고 혼자 보며 즐기기 위해 명품 옷을 사는 것이 아니라, 오히려 친구들과 지인들을 만나기 위해 산다. 행복은 명품 그 자체가 아니라 친구들을 만나면서 샘솟기 때문이다. 명품 그 자체에 집착하여 집 옷장에 쌓아놓는 사람들은 절대 행복하지 않다. 그 옷을 사는 그 순간 그리고 그날만 행복하기 때문이다. 영화를 보고서도 친구들과 서로 얘기를 나누면 영화가 새롭게 보인다. 내가 봤던 영화와

다른 영화가 또 내 인식 속에 들어오는 것이다. 덴마크사람들은 많이 만난다. 후가라고 하는 덴마크만의 풍습, 그 어떤 말로도 번역이 어려워 그냥 후가hygge라고 하는 것. 그것이 그들의 행복을 물질적 풍요가 아니고 순간적이 아니고, 바로 연속적이고 지속적이게 만드는 힘일 것이다.

직장에서, 소비자로서, 지역주민으로서 촘촘히 얽힌 관계들은 조직화에서 유래했다. 가족과 대부(代父)에 그치지 않고, 모여서 떠는 수다가 늘 결사체를 만들어 '정치적'인 것으로 연결된다. 소비자조합, 풍력발전조합, 유기농협동조합, 기부협동조합들, 이들을 운영하기 위해 대표조직이, 모두의 의사가 반영되는 투명한 절차가 만들어졌는데, 이 모든 게 곧 정치적 과정들이다. 아리스토텔레스가 말한 '진정한 폴리스'의 추구다. 우리는 수다까진 좋은데, 모여서 '조직'을 만들면 뭔가 이상한 눈으로 보는 사람들이 있다. 아직도 그런 사람들이 있다. 그들은 조직화에 익숙하고, 우리는 조직에 익숙하다.

집단이타성(group altruism)이란 개념이 있다. 사회생물학의 기본 개념 중 하나인데, 진화에 아주 중요한 요인이다. 집단이타성은 인간과 동물이 공유하는 또 다른 이타성이다. 집단이타성이란 대체로 같은 종에 속하는 생물로서 긴밀히 상호작용을 하며 장기간 함께 머무르는 무리 사이에서 나타나는 이타성을 말한다. 집단이타성을 설명하면서 피터

싱어는 고립된 집단으로 나누어져 있는 원숭이 집단의 예를 들고 있다. 고립된 집단 내에서 서로 도움을 주고받는 원숭이들은 그렇지 않은 원숭이 집단보다 여러 가지 면에서 유리하다. 예를 들어 호혜적 원숭이들은 서로 털을 다듬어 줌으로써 기생충을 제거하여 건강을 유지하지만, 그렇지 않은 집단의 원숭이들은 결국 기생충으로 인해 쇠약해질 가능성이 높기 때문이다. 고립된 집단에서 호혜성을 유지하던 원숭이들은 다른 집단들이 기생충 때문에 멸종되어 버린 어느 순간 고립된 지역을 벗어나 다른 지역으로 이주해 간다. 이때 집단선택은 호혜적 이타성의 확대에 일조를 하게 된다.

이런 집단이타성이 유지되려면 최소한 두 가지 조건이 전제되어야 한다. 첫째, 호혜적 집단은 다른 집단과 일정한 거리를 유지해야 한다. 만약 거리가 유지되지 않으면 다른 집단에 속한 이기적인 개체들이 이타적 집단의 이타성을 교묘히 이용할 것이며, 이로 인해 결국 이타적 집단은 이타성을 상실하고 소멸하게 될 것이다. 둘째, 호혜적인 집단은 외부로부터의 침입자에게 적대적인 태도를 보여야 한다. 이는 침입자로 인한 질서 파괴를 방지하여 집단 내의 이타성 유지에 도움을 준다.

바깥에서 보는 집단의 이기주의란 안에서 보면 집단이타성이다. 이를 닫힌 네트워크라고 하는데, 열린 네트워크에 비해 신뢰도가 훨씬 높다. 범죄와 일탈의 가능성이 이 집단 내에서는 줄어드는 것이다. 외부 침입자를 못 들어오게 하며, 일단 들어온 침입자는 자기 집단의 일원으로 받아들인다. 일단 처음엔 외부사람들을 차갑게 대한다. 그러다 이 사람의 인간성, 능력 등이 입증되면 자신들 사회의 일원으로 받아들인다. 집단이타성이 유지되는 원형이다. 처음엔 차갑게, 나중엔 따뜻하게. 이중적이어서 그런 것이 아니고 자신들 집단을 유지하기 위한 진화의 산물이다.

그렇다면 이러한 집단이타성은 어디서부터 시작된 것일까. 그것은 가족이라는 혈연관계의 확대에서 시작된다. 크리스창의 한국인 아내의 말이다.

"교회에 전혀 나가지 않는 덴마크인들이 교회에 반드시 가는 대표적인 날이 몇 번 있습니다. 결혼식 날, 세례식 날, 크리스마스 날 등 그 중 하나가 덴마크어로 DAB이라 불리는 세례 날입니다. 우리나라에서 백일잔치를 하는 것과 비슷한 풍습인 데, 보통 태어난 지 3~4개월 정도 되었을 때 세례를 받게 됩니다. 이날이 가장 중요한 것이 만약 아이 부모가 갑자기 죽게 되면 아이의 보호자가 누가 될지 결정되는 날이기도 합니다. 보통 남편이나 부인의 형제들이 되는데 가끔은 아이 부모의 베스트 프렌드들이 되기도 하죠. 크리스창도 친구 아들의 미래 보호자 중 한 명입니다."

치밀하고 촘촘한 완충망들이 어릴 적부터 짜여지는 것이다. 자신에게 위험이나 예기치 못한 상황이 생겼을 때, 국가도 직접 개입하지만, 사실 국가의 개입은 완벽하지 않다. 바로 옆에서 챙겨줄 사람들, 친구와 부모까지도 예비해놓는 사람들. 아무래도 역사가 불안하고, 불투명하고,

대국들의 틈바구니에서 시달리면서 살아오다보니 스스로 강력해질 수 있는 무기로 '촘촘한 연결망'을 선택한 듯싶기도 하다. 그것이 독일과 러시아 같은 강대국에 낀 나라이면서도 강소국이 된 비결일 것이다. 그들의 개인주의는 '순수한 개인주의'가 아니다. 철저히 독립적이지만, 그 독립은 가야금 선의 독립과 같다. 각자 독립적으로 분리되어 있지만, 함께 울려 아름다운 음악을 만들어내는 가야금 선과 같은 것, 역사적 교훈을 잊지 않고 국가의 제도 속에 녹여내서 성공한, 그러나 예전엔 '아주 가난했던 나라'. 우리가 덴마크를 배워야 한다고 새마을 운동을 벌였던 보수파 박정희부터, 일하는 세력이 정권을 잡아야 복지국가가 이룩된다는 진보진영까지 모두 목소리를 높여 덴마크를 말했지만, 정작 배워야 할 것은 이런 '촘촘해서 구멍이 없는 안전망'이 아닐까.

덴마크가 모든 복지를 국가에만 맡겨놓는다는 말은 정확한 말은 아니다. 나는 정반대인 것 같다. 기반이 튼튼하니 복지를 국가에 맡길 수 있게 된 것이다. 그것은 가족부터 친구까지, 후거에서 대부까지, 조합에서 선거까지 일상생활 전반의 촘촘한 네트워크 때문이다. 그러니 복지를 해도 누수가 없고 불만이 적다. 복지에 대한 사회적 동의가 자연스럽게 이루어지는 것은 바로 이런 일상생활의 사회적 자본, 주민끼리의 촘촘한 인간관계 덕분이다.

백만장자가 목표인 사람은 덴마크에 살 수 없다.

백만장자가 목표인 사람은 정말 덴마크에 살 수 없다. 실제로도 유럽에서 백만장자의 비율이 가장 낮다. 엄청난 고세율, 수많은 협동조합, 수익 나누기에 익숙한 사람들, 그런 문화적 사고가 결국 그 문화에 맞지 않는 사람들을 이미 어디론가 내몰았을 것이다. 제라드 드빠르디유처럼 어디론가 떠나갔을 것이다. 인간에게는 이동의 자유가 있고, 그래서 다른 여러 선택지들 가운데 특정 세율에 동의하는 선택을 했기 때문이다. 정확히 말해 덴마크는 고세율에 동의하는 사람들이 모여 있는 나라이다. 많은 이들이 덴마크의 행복 원인을 말했지만, 결국 궁극적인 것은 이것 아닐까. 돈을 위해 행복을 희생하는 것이 아니라, 행복을 위해 돈을 희생하는 사람들. 그런 사람들이 모여 촘촘한 망을 구성하고, 그러니 돈을 많이 벌어도 그 망을 벗어나기 어렵다. 물론 그런 망이 없는 사람이라면 그냥 그 돈 갖고 다른 나라로 쉽게 떠나갈 것이다. 주변 친구로부터 명예도 사랑도 얻지 못해 돈으로라도 사랑과 명예를 얻어야 하나 그것조차 고세율 때문에 할 수 없을 것이므로.

자기가 살고 싶은 곳을 자유롭게 선택할 수 있는 자유. 자기들에게 맞는 시스템을 구축하고 그것을 싫어하는 사람은 다른 곳을 선택하게 하는 것, 이미 유럽의 여러 나라는 그런 선택의 자유를 부여했다. 유럽대륙의 사람들은 네덜란드, 덴마크, 스웨덴 같은 북유럽을 자신들의 나라와 다른 유럽으로 생각했다. 대륙 사람들과 다른 특질의 사람들이 변방에 자그맣게 모여 특별하게 사는 곳, 그래서 다른 유럽과는 다른 자기들만의 강력한 시스템을 구축할 수 있지 않았을까.

존 스튜어트밀은 그의 〈자유론〉에서 유럽인들이 누려온 다양한 정치체제를 이렇게 언급했다.

"유럽 국가들이 정체되기보다는 계속 향상되는 집단으로서 인류 속에 자리를 잡게 된 것은 무엇 때문인가? 그들이 월등하게 뛰어나기 때문은 아니다. 설사 그들이 뛰어나다 해도 그것은 결과이지 원인이 아니다. 그들의 성격과 문화가 놀라울 정도로 다양하다는 것이 바로 원인이다. 예나 지금이나 유럽에서는 개인, 계층, 민족 등이 모두 지극히 다르다. 그런 그들이 아주 다양한 길들을 개척했고, 각각의 길들이 뭔가 귀중한 결과로 이어졌다. 또한 시대마다 서로 다른 길을 여행했던 사람들이 서로에 대해 관용을 보이지 않고 다른 사람들이 모두 자신과 같은 길을 걷도록 강요할 수 있으면 좋을 것이라고 생각했음에도 다른 사람의 발전을 가로막으려는 그들의 시도가 영속적인 성공을 거둔 경우는 드물었으며, 시간이 흐르면서 모두 다른 사람의 장점을 참고 받아들이게 되었다. 내가 판단하기에 유럽이 다양한 발전을 이룩한 것은 전적으로 이런 다양한 길들 덕분이다."

　사람들이 다양한 길을 선택하도록, 자기의 길만이 최고의 길임을 강요하지 않도록 하는 것이 '인간 자유' 의 길이다. 그렇다면 우리나라도 다양한 체제들을 만들어낼 수 있게 하고 자유롭게 선택하도록 해주면 어떨까. 지방자치, 지방분권, 시민자치, 주민자치, 협동조합 등이 중요한 이유는 바로 여기에 있다. 다양한 지역이 다양한 삶의 목표를 두고, 사람들은 자기 목표에 가장 적합한 지역을 찾아가는 것. 또 그런 생태계를 국가가 만드는 것이다. 예컨대 백만장자가 목표인 사람은 강남에서 살고, 시인이 목표인 사람은 원주에서 살고, 여행이 목표인 사람은 대전에서 살고, 커피가 목표인 사람은 강릉에서 살면 된다. 생존에 필요한 기본여건을 완벽히 충족한 뒤에는 다양한 길을 스스로 선택할 수 있어야 한다. 스스로 선택할 수 있어 자기가 결정할 수 있는 상태를 우리는 자유로운 상태라고 한다. 자유로운 상태가 되려면 선택지도 다양해야 한다. 내가 살 곳을 택할 수 있는 도시부터 자기만의 색깔을 가져야한다. 그래서 어느 도시가 내게 가장 행복한 곳인지 따져보아야 한다. 물론 한국 도시의 행복도는 아직 제대로 측정된 게 없다. 이래서 지방자치가 필요하다. 도시 간의 행복도 경쟁이 가능하려면 우선 지방자치, 주민자치가 되어야 한다. 모두 열심히 행복도 경쟁을 벌이는 한국의 도시들이어서 좋은 공기, 좋은 삶의 질, 좋은 인간관계, 좋은 먹거리, 좋은 교육으로 서로 앞서거니 뒤서거니 경쟁하는 날이 왔으면 좋겠다. 남과의 비교를 벗어날 수 없는 것이 인간이라면, 좋은 것, 착한 것으로 서로 비교하는 것이 가장 좋지 않겠는가.

TOMMELISE
KØBENHAVN

아홉 번째 생각, 치킨게임의 끝, '치킨 없다'

덴마크에서 택시를 타려니 너무 비싸 탈 엄두가 나지 않는다. 코펜하겐 택시비는 무척 비싸다. 더군다나 6시 이후나 공휴일에는 할증료까지 붙는다. 사람이 움직이거나 개입된 서비스는 다 비싸다고 보면 된다. 인건비가 비싼데 당연한 것 아닌가. 이게 싸다면 뭔가 꼼수가 있는 거다. 엄청난 수의 불법체류자를 사실상 묵인하는 나라의 꼼수가 그렇다.

민서가 너무 걸어서 피곤하다고 한다. 너무 힘들면 택시 타고 숙소로 들어가라고 했더니 외국에서 택시 타기가 겁난다며 꺼린다. 그녀의

'서울 택시' 경험담 때문이다.

"서울역에서 내려 부암동 주민센터를 가자는데, 택시기사가 어딘지를 정확히 모르더라구요. 그래서 내비게이션을 찍고 갔죠. 그런데 이리저리 도는 것 같더라구요. 내비게이션이 주변은 정확히 찾은 것 같은데, 아주 정확한 지점은 파악 못했다. 뭐 이러면서 택시기사가 주변을 빙빙 돌다 약속시간도 놓치고 택시비도 만원이 넘게 나왔어요. 기껏해야 5천 원 정도면 된다고 하던 길이 왜 만원이나 나왔을까요. 그런데 문제는 만 원이 나오고 난 뒤죠, 택시기사가 내비게이션을 탓하며 택시비 돈은 당연히 그대로 받을 기세더라구요. 나도 불평을 하려고 해도 시간도 없고 이게 택시기사 책임이 아니라 내비게이션 책임인데...그냥 돈 만 원 주고 약속장소로 갔죠. 기다리고 있던 사람들한테는 불평불만을 다 듣고 돈은 만원이나 쓰고 말이죠. '아니 서울역에서 여기까지 왜 그렇게 오래 걸리는 거야. 기차에서 내리지도 않고 도착했다고 한 거지?' 라는 괜한 오해까지 받았다구요. 이거 도대체 누구 책임인가요?"

내비게이션은 바가지요금을 책임질 수 있는가

사실 흔히 있는 일상의 문제이지만 단순한 문제는 아니다. 분명히 그녀의 책임은 아니다. 운이 나빴다고 생각하면 그만이지 책임은 아니다.

그럼 누가 책임지지? 택시운전사가 일차로 책임져야 하지만 책임을 회피하기에 아주 좋다. 내비게이션이 정확히 가르쳐주지 못했으니 내비게이션에게 바로 잘못을 돌릴 수 있다. 내비게이션회사는? 그런 하나하나에 책임질 수 없다. 모든 상황을 통제할 수 없다. 택시회사사장은? 뭐 어떻게 책임을 져야 할지 잘 모른다. 사실 이런 경우는 책임이 분산되어 있다. 책임이 분산되어 있기 때문에 누가 책임을 져야 하는지 정확하지 않아 떠넘기기 쉽다. 모두가 책임지면 간단한데 아무도 책임을 지려 하지 않는다.

첨단현대의 위험성은 바로 여기에 있다. 원자력 같은 어마어마한 기술도 모든 책임이 분산된다. 총책임자가 있지만, 모든 세세한 책임들을 모두 알 수는 없다. 상징적으로 모든 책임을 진다는 것이지 곳곳에 산재한 위험을 통제할 수 있는 것은 아니다. 현장에 있는 사람들이 통제하는데 바로 그 현장 사람들끼리 책임이 분산되어 있는 것이다. 세세하게 분업화되었기 때문이다. 현대사회는 위험사회다. 위험을 책임지고 통제하는 사람이 없기 때문이다. 그러니 대통령을 탓한다. 뭐가 잘못되면 책임이 불명확해지니 상징적인 지위에 있는 사람을 탓하는 것이다. 대통령이 덕이 없다느니, 측근들이 멍청하다느니 하면서 욕으로 불평으로 때우고 마는 것이다. 다음에는 이런 일이 없도록 하겠다고 총책임자부터 대통령까지 이야기하지만, 그 누구도 그걸 통제할 수 없다. 현장노동자들도 서로 덮기 일쑤다. 고리 원자력사고처럼, 일본 원자력 사고처럼.

책임분산으로 누구의 잘못인지 따지기 어렵고 집단의 잘못이니 그냥 문제가 생기면 덮고 보는 거다. 그러다 큰일 난다. 차라리 원자폭탄은 책임 소재가 명확하다. 명령 내린 사람이 100% 책임을 진다. 비행사는 폭탄을 떨어트리라는 명령을 수행할 뿐이다. 그러나 고도기술의 운영은 다르다. 전력부터 원자력, 통신까지 이제 책임은 분산되어 확인할 길이 없다. 필요할 때마다 먹통이 되는 내 핸드폰은 핸드폰제조사 잘못인가, 통신사의 잘못인가, 핸드폰조작에 미숙한 나의 잘못인가, 배터리 회사의 잘못인가, 알 길이 없다.

자동차 치킨게임이란 것이 있다. 두 대의 자동차가 마주 보고 빠른 속도로 돌진하다가 먼저 핸들을 꺾는 쪽이 지는 게임이다. 사사로운 것에 목숨까지 거는 담력싸움이다. 영화에 가끔 나오지만 멍청이들도 가끔은 실제로 하는 게임인가 보다. 이 치킨게임에서 이길 수 있는 방법은 무엇일까. 가장 좋은 방법은 상대가 보는 앞에서 자동차의 핸들을 뽑아버리는 것이다. 혹시나 동시에 핸들을 뽑았다면? 그러면 그다음엔 브레이크를 먼저 뽑는 사람이 이긴다. 단, 반드시 핸들이나 브레이크를 뽑았다는 걸 상대방이 알도록 잘 보여주어야 한다. 이번엔 비행기 공중납치범을 예로 들어보자. 납치범의 입장에서는 승객들 중 누구라도 저항하면 비행기를 폭파하겠다고 협박하는 것보다 약간만 부딪혀도 자동으로 터지는 폭발물을 가슴에 두르고 있을 때 비행기 납치가 성공할 확률이 높다.

이번엔 핵연료를 싣고 가는 기차를 막는 반핵시위대의 경우 핵발전소로 가는 기차를 제지하는 좋은 방법은? 철로 위에 눕는 것이다. 기관사는 기차를 세울 수밖에 없다. 그렇다면 시위대에 대응하는 좋은 방법은 무엇일까? 기관사가 열차의 속도를 아주 느리게 맞춰 놓고 기차에서 뛰어내린 다음 기차와 함께 천천히 걸어가는 것이다. 그러면 이번에는 시위자들에게 좋은 방법은? 철로에 수갑을 채우는 것이다. 기관사는 감히 열차를 떠나지 못한다. 그러면 그다음에는 철도회사가 시력이 아주 나쁜 기관사를 배정한다.

게임이론에서 나오는 유명한 이야기다. 게임이론은 협상이나 분배 등을 할 때 가장 합리적인 방법이 무엇일까라는 고민에서 나온 이론이다. 그래서 외교 협상과 자원 배분, 핵무기 경쟁에서 산업부품 경쟁까지 널리 활용된다. 정책도 비슷하다. 자전거진흥정책을 편다고 하면 자전거 길만 잘 만들어주는 것이 아니라 역으로 자동차 타기를 아주 불편하게 만들면 된다. 자전거길은 잘 뚫리고 빠르고 지하철이나 버스와 연계하기 쉬운 반면, 자동차는 세금도 비싸고 주차도 어렵고 길도 막힌다면 자전거를 이용할 수밖에 없다. 코펜하겐은 그걸 잘 알고 있었다. 자동차 세금은 다른 나라보다 3배나 비싸고 비싼 자동차를 몰고 다닌다고 해서 주차가 편한 것도 아니다. 막힌 길에서 차를 버리고 지하철을 탈 수도 없다. 옆을 보면 자전거는 쌩쌩 달린다. 자전거 길은 뻥 뚫려 좋고 공기 좋은 공원으로 뚫리고 골목골목 말초혈관처럼 차가 가지 못하는 곳도

BARBAR BAR
Zone
Zone

다닌다. 자전거 정책을 한답시고 자전거길을 아무데나 만들어 차가 쌩쌩 달리는 언덕길에서 매연 맡으며 자전거를 낑낑 타라고 하면 누가 자전거길을 선택하겠는가. 자동차 선호와 자전거 선호는 양립하기 어려운데도 애써 이를 무시한다. 결과는 예산낭비고 세금낭비다.

그런데 게임이론은 인간의 마음에도 그대로 적용된다. 오늘 해야 할 일을 앞에 두고도 몸이 피곤하면 의지가 약해진다. ‘오늘 해야 한다는 마음’과 ‘내일 해도 된다는 마음’이 서로 경합을 벌이고 시간이 지나면서 마음은 적절한 타협점을 찾는다. 마음의 게임에서 이기는 쪽은 늘 편한 쪽이다. 인간은 편안한 걸 좋아하니 어쩌겠나. 그러나 이때 그런 느슨함을 이기는 방법이 있다. 바로 스스로의 느슨함을 없애버리는 조건을 만들면 된다. 이건 우리 일상에서 종종 일어나는 일들이다. 일을 할까 하지 말까 마음속에서 서로 경합을 벌일 때 내 작업실이 정전된다면 바로 그 일은 내일로 미뤄질 것이다. 그러나 동료 직원들 앞에서 브리핑 일정을 바로 내일로 잡아 버리면 오늘 밤에 반드시 그 일을 끝내야 한다. 매일 운동을 하겠다는 의지로 불타는 사람은 제일 먼저 값비싼 피트니스센터에 가서 한 달 운동비를 선불로 지불해야 한다. 단 그 돈은 자신에게 ‘피 같은 돈’이어야 한다. 결국 훌륭히 일을 해내는 사람은 〈스스로의 방종을 박탈할 수 있는, 진정한 자유의지〉를 가진 사람이다.

이제 처음 문제로 돌아가서, 민서의 택시 내비게이션 바가지 문제를 어떻게 해결하면 될까. 답은 여러 개다. 택시기사는 내비게이션에 대해 자기 책임인지, 내비게이션 책임인지 알쏭달쏭할 때 내비게이션에게 책임을 전가한다. 그러니 그럴 때 책임 떠넘기기를 불편하게 만들면 된다. 방법이 여럿 있겠지만 난 이렇게 하겠다. 스마트폰에서 길 찾기를 누르고 가상택시 금액을 슬쩍 본다. 기사가 내비게이션을 누르는 순간, 나는 스마트폰을 보고 한 5천 원 정도 나온다고 말하면 된다. 먼저 말하기 어색하다면 도착해서 금액에 차이가 클 때 말해도 효과는 있다. 단 그때는 인상을 좀 쓰면서 말해야 한다. 매번 그런 식으로 하기 귀찮다면? 택시업계에 정책으로 채택하라고 하면 된다. 내비게이션에 길 찾기 목록을 등록하고 가상택시요금을 볼 수 있게 해 놓는다면 택시기사에게 압력으로 작용하기 때문이다.

이제 이런 내비게이션 문제에서 훨씬 나아가 핵발전소 건립문제, 핵무기 경쟁문제라면 어떻게 그 문제를 풀까? 이건 게임의 수준에서는 잘 안 풀린다. 다 알듯이 게임이란 말 그대로 게임이다. 모두가 룰을 지킨다는 전제하에 '지속가능' 해야 게임이 가능하다. 그러나 누군가가 룰을 지키지 않고 예측 불가능하여 목숨을 앗아갈 것이 거의 명백하다면 게임이론은 소용없다. 룰이 필요 없는 무지막지한 전쟁 같은 상황이 펼쳐지는 것이다. 여기서 게임이론을 뛰어넘는 상상력이 필요하다.

좋은 게임, 나쁜 게임, 행복한 게임

좋은 게임도 있지만, 나쁜 게임도 있다. 게임을 할 수 있다고 해서 모든 게임이 성립되는 것은 아니다. 러시안룰렛게임이 그렇다. 상대방의 목숨을 담보로 하는 게임을 우리는 게임이라고 하지 않는다. '미필적 살인'이다. 여기 이런 게임이 있다. 상대방 무기보다 더 강한 무기를 만들어내는 게임, 에너지를 쓰는 만큼 에너지를 만들어내는 게임이다. 둘 다 지속 가능하지 않은 게임이다. 중단되어야 하는 게임이기 때문에 경쟁을 기반으로 하는 게임이론으로는 풀 수 없다. 게임 내부에서는 절대 게임을 중단할 수 없기 때문이다. 게임을 중단하자는 게임 바깥의 합의가 필요하다.

첨점 사람들은 더 많은 재화와 더 많은 서비스를 위해 더 많은 에너지를 쓴다. 원자력이 아니라면 그 어떤 발전소도 에너지 수요를 따라갈 수 없다. 국가는 원자력으로 그 수요에 대응한다. 그러다 우린 후쿠시마 대재앙을 봤다. 사고 이전에도 이후에도 아무도 통제할 수 없는 대재앙이다. 그리고 대재앙은 지금도 계속되고 있다. 원자력에 대해 아무도 책임지지 않는다.

우리는 원자력을 원하지 않지만 많은 에너지를 쓴다. 그런데 국가가 그 결정을 한다. 사람들이 원자력을 싫다고 하는데, 많은 에너지를 쓰니 방법이 없다는 것이다. 우리는 원자력을 진정 싫어하는 것일까 아니면 이중적 잣대를 가지고서 거짓말로 원자력이 싫다고 하는 것일까. 우리는 결정을 국가가 내렸기 때문에 우리가 이중적 잣대를 갖고 있다고 해도 우리에겐 책임이 없다고 생각한다. 그리고 국가는 국민의 에너지 수요에 대응하기 위해 어쩔 수 없이 원자력 발전소를 건설해야 한다고 한다. 그렇다면 간단한 해결 방법이 있다. 쓰는 사람이 결정하게 하면 된다. 국민이 결정하면 되는데 괜하게 국가는 전문가를 끌어들여 안전성을 말한다. 문제는 복잡하지만 복잡한 문제를 최대한 단순화해야 문제가 풀리기 시작하는 법이다.

덴마크는 원전을 거부했다. 덴마크의 '시민합의회의'에서다. 덴마크는 국가의 중요한 과학기술정책을 결정할 때 '시민합의회의'를 거친다. 작은 확률의 안전성을 말하는 전문가들보다는 작은 사고의 가능성도 걱정하는 국민의 상식을 최우선으로 하는 것이다. 덴마크의 시민합의회의는 1987년 세계 최초로 시행되었고, 그 후 효력의 강도는 다르지만 네덜란드, 노르웨이, 스웨덴 등 유럽과 서구 전역으로 퍼졌다. 덴마크의 '시민합의회의'는 시민참여의 오랜 전통과 존중이 그 바탕에 깔려 이룬 '정책적 작품'이다.

덴마크는 원전에 대한 시민합의회의에서 다음과 같은 질문으로 시민의 의견을 들었다.

"전기를 풍부하게 쓰는 것이 인간이 자유롭고 행복하게 사는 것과 어떤 관계가 있는가?"

그들은 오랫동안 치열한 토론을 한 끝에 다음과 같은 결론에 이르렀다.

"우리는 풍요로운 사회가 반드시 전력을 풍부하게 쓰는 사회라고 생각하지 않는다. 원자력이 장점은 있으나 위험하고 폐기물처리가 곤란하다는 단점이 있다. 다른 에너지원을 개발하자. 모자라면 우리가 검소하게 살면 된다."

덴마크는 그 이후 20년 동안 풍력과 쓰레기 재활용 등 다양한 에너지원을 발굴했다. 코펜하겐 한가운데 쓰레기재활용 발전소가, 북해 바다에 풍력발전기가 들어섰다. 그러는 동안 쓰레기재활용 청정발전과 해상 풍력기술의 세계적인 메카가 되었다. 지속 가능한 성장에 모든 관심을 집중한 시민합의회의 덕택이다. 물론 여기엔 과소비와 거짓말에 길들여진 대중이 아닌 상식을 갖춘 검소한 시민이 그 참여의 핵심이었음을 간과해선 안 된다. 그 상식을 갖춘 시민이란 바로 치킨게임의 끝은 '영구 없다' 처럼 '치킨 없다' 인 것을 잘 알고 있는 시민이다.

열 번째 생각, 착한 사람의 매력

　서로의 행선지가 달라 서로 갈라져야 할 때, 민서가 '수고하....'하려
다 말을 바꾼다.
　"고생하세요"
　아마 말실수를 재빨리 고친다고 한 말이 '고생하세요'인 듯하다. 그
런데 난 사실 '고생하세요'란 말이 더 듣기 싫다.

　우리가 일상생활에서 쓰는 말 중 '수고하세요'란 말이 있다. 윗사람
에겐 적당하지 않은 말이라서 조심해서 써야 한다는 사람도 있지만, 난

그런 말 하는 사람이 짜증난다. 말할 때마다 윗사람 아랫사람 나누는 걸 전제해야 한다는 것은 위계 사회를 고수하겠다는 뜻 외에 무슨 의미가 있을까. 어찌되었든 '수고하세요'는 좋은 뜻이다. 좋은 뜻에 자꾸 사족을 붙여 못쓰게 만드는 건 좋지 않은 일이다.

어느 날 우리 학생들을 잘 가르쳐주는 영어회화 선생님 윌리엄에게도 '수고하세요'란 말을 써보기로 했다. 그러나 영어가 언뜻 생각나지 않았다. Thank you! 나 See you! 처럼 자연스럽게 쓰는 말이 없었다. 사전을 찾았다. 근접한 뜻은 Take pain. 수고를 감당하세요란 말이다. 바로 써먹었다.

"William, Thank you. Take pain!.."

잠깐 어색한 표정이 흐르더니 이내 웃는다. 그러더니 외국에 가서는 쓰지 않는 편이 좋다고 한다. 자기 일을 열심히 하는 사람에겐 '고생 엄청하세요'란 말로 들린다는 것이다. 열심히 일하고 있는 사람에게 해주는 말은 'Take it easy'가 적당하다고 했다. 이 쉬운 영어가 우리말로는 번역되지 않았다. '쉽게 받아드리세요', '즐기세요'라는 말이 우리에겐 힐난하는 말이다. 우리의 무의식은 왜 일을 고통과 고난으로 보는 것일까. 그 이유는 일이란 좋은 일과 나쁜 일이 명확히 구분되는 이분법의 일이며, 좋은 일을 얻었다 해도 바로 그 다음 날부터 일터의 위계가 나의 인격까지 침범하는 나쁜 일이 되어서 그럴 것이다.

국·영·수 공부를 잘하는 방법이 있다. 영어는 독해를 잘해야 하고, 수학은 오답노트를 잘 써야 하며, 국어는 비문학용 참고서를 잘 골라야 한다. 맞는 말일까? 물론 경험상 맞을 것이다. 그렇게 공부해서 국·영·수 성적이 오른 이유는 독해를, 오답노트를, 비문학을 공부해서일 것이다. 공부를 못하는 학생들은 독해, 오답노트, 비문학을 귀찮아하고 어려워했다. 김치를 잘 만드는 방법은? 김치를 어떻게 자르고 소금간과 양념 간을 어느 정도로 해야 맛있다고 한다. 맞는 말이다. 그러나 최상의 레시피를 그대로 따라 했는데 김치를 먹을 수가 없었다. 왜일까? 모래가 씹히기 때문이다. 맨 앞에 배추를 씻으란 지시가 없었기 때문이다. 배추 씻는 것은 기본 중의 기본이다. 그러나 아무도 얘기하지 않는다. 빵이 맛있으려면 밀가루가 좋아야 한다. 아무리 빵의 레시피를 이야기해도 밀가루와 재료 그 자체가 좋은 것이 기본 중의 기본이다. 한약이 효과가 있으려면 한약 재료의 혼합비율과 탕약의 레시피도 중요하지만 한약재 그 자체가 좋아야 한다. 그러나 그 어떤 한의사도 한약재 재료의 질에 관해선 이야기하지 않는다. 최고의 공부 고수는 공부방법보다 절대시간을 투자하는 사람이다. 남들보다 하루 10분 더 공부하는 사람이다. 최고의 김치는 좋은 배추를 잘 씻는 것부터 시작되고 그것이 맛을 결정한다. 최고의 조개탕은 해감에서 시작되며 오래 끓여야 한다. 그것이 맛에 가장 결정적 역할을 한다. 명의는 우선 좋은 한약재부터 고른다. 한약 레시피는 동의보감이 모든 것을 말해주고 있지 않은가. 전문가가 되기 위해선 만 시간의 법칙, 10년의 법칙을 따라야 한다. '절대적인 시간을 쓰기' 같은 가장 평범한 것이 곧 정도이다.

옛날 중국에 거동이 매우 불편한 사람이 있었다. 그도 그럴 것이 몸에 희한한 물건들을 잔뜩 매달고 다녔기 때문이다. 그는 길을 가다 부러진 나뭇가지건 조각난 기왓장이건 눈에 보이는 것이 있으면 무조건 주워서 몸에 매달았다. 보다 못한 사람들이 그에게 말했다. '무얼 그렇게 달고 다니슈. 쓸모없는 것들은 모두 갖다버리구려.' 그는 '뭐가 쓸모 있고, 뭐가 쓸모없는지 알 수가 있어야쬬' 라고 답하며 물건들을 내려놓지 않았다고 한다. 공자는 "소인은 특별한 것에 관심을 기울이고, 위인은 평범한 것에 관심을 기울인다"고 했다. 절대시간의 법칙이다. 요리법도 중요하나 씻는 것이 더욱 중요하다. 건강에는 약도 중요하나 잘 자고, 잘 먹고, 잘 씻는 일이 더욱 중요하다. 사회적 지위도 중요하나 웃는 얼굴이 더욱 중요하다. 특별한 것보다 평범한 것에 튼튼한 나라가 더욱 좋은 나라다.

그렇다면 문화발전이란? 여기에도 시간의 법칙이 적용된다. 바로 절대시간을 문화를 위해 쓸 수 있는 사회다. 공부를 잘해야 하고, 훌륭한 음식을 만들어야 하고, 훌륭한 약을 만들어야 할 때처럼 좋은 문화란 절대시간을 문화예술 활동을 위해 쓸 수 있는 사회이다. 좋은 사회를 만들자는 캠페인도 중요하지만 그게 잘 통하지 않는 이유는 여기에 있다. 우리나라는 OECD 가입국 가운데 최장의 노동시간을 '자랑한다'. 사실 그건 공식 통계일 뿐이다. 실제 노동시간은 가히 살인적이다. 그 많은 성인병은 운동과 술 그리고 의료기술의 부족보다는 모두 장시간의 노동시간과 높은 노동강도에서 오는 것들 아닌가. 법원 판결처럼 2차 회식까지 노동시간에 포함시킨다면 저 아프리카의 하루 30킬로미터나 물 길러가는 빈곤층의 생존 게임과 비슷해진다. 단지 그들은 배고픔에, 우리는 소비에 위협을 느껴 그렇게 행동하는 것이 다를 뿐, 둘 다 서바이벌게임이다.

서바이벌게임으로 행복해지는 법도 물론 있다. 버닝 맨 축제 같은 것이다. 축제에 참가해보지 않은 사람에게 버닝맨 축제를 설명하는 것은 '시각장애인에게 색깔을 설명하는 것과 같다'고 할 만큼 축제는 독특한 문화와 분위기 속에서 진행된다. 전기는 물론 휴대폰조차 잘 안 터지는 사막 한가운데 어느 날 갑자기 수만 명이 몰려들어 도시 하나가 건설된다. 이들은 다양한 이벤트를 벌이다가 1주일 후면 훌쩍 사라져버린다. 전 세계에서 창의력 넘치는 예술가, 열정적인 음악가와 엔지니어들이 몰려든다. 이들은 그야말로 자신만의 자유로운 창작 활동을 벌인다. 관람자이면서 동시에 창작자가 된다. 행사에는 상업성이 철저히 배제돼 얼음과 커피 외에는 돈을 주고 살 것도 거의 없다. 생존에는 돈이 아니라 서로 의지하는 것이 중요하다는 팀워크를 몸으로 배우게 된다. '젊음은 젊은이들에게 주기엔 너무 아깝다'고 누가 말했던가? 젊음은 젊은 사람들의 것이다. 젊은 사람은 젊게 사는 사람들이다. 젊게 사는 사람들이 많은 곳은 위험과 불안으로 가시덤불을 헤치며 사는 곳이 아니고, 도전하고 실패해도 또 도전할 수 있는 곳이다.

그렇다면 사막에서 혼자가 아닌 팀워크로 생존의 시간을 보낼 때, 어떤 말이 더 어울릴까. 'Take pain'과 'Take it easy!' 중에서 말이다.

또다시 지갑을 잃어버리다

코펜하겐에서 소매치기를 당했다. 이런 날로 먹는 강도가 있나. 쫓아가려니 너무 빠르다. 호나우도 같은 탄탄한 몸매에 튀어 나가는 속도가 하이에나 급이다. 뒤쫓아 가기엔 버겁다. 그래선지 체념이 훨씬 빠르게 나를 앞질렀다. 어느새 강도는 저만치서 작아져 갔다. 날강도의 날렵함이 정말 싫다. 에든버러에서처럼 또다시 잃어버린, 아니 강탈당한 내 현금들.

그러나 지갑은 다시 찾았다. 다른 곳이었다면 그냥 길가에 버려졌을 것이라고 지금도 믿고 있다. 현금을 몽땅 빼내 가버린 그 지갑을 누가 거들떠보겠는가. 그렇지만 코펜하겐 시민은 그렇지 않았다. 5~6명의 젊은 남자들이 합심하여 그 근처 블락block들을 돌아다녔다. 자전거를 탄 젊은 여자 한 명은 덴마크어로 경찰에 내 처지를 대신 신고해주었다. 출동한 경찰들과 그 젊은 코펜하겐시민이 만났다. 내 지갑의 소재는 몇 십 분 뒤 파악되었고 경찰과 시민이 함께 수백 미터 떨어진 골목길에서 까만 '내 지갑 비슷한 것'을 찾았다고 했다. 그 지갑에는 다행히 나의 한국운전면허증이 있었고 그곳에 붙은 '흐릿하고 멍청하게' 찍힌 내 얼굴 덕에 내 지갑임은 확인되었다. 현금은 한국 돈이고 달러고 유로화고 남은 것 하나 없었다. 그러나 또다시 지갑을 잃어버려 황망하고 우둔한 내 처지가 코펜하겐 시민의 '따뜻한 마음씨' 덕에 처량해지진 않았다. 그런데 다시 생각하니 그게 정말 '그들의 타고난 따뜻한 마음씨' 덕분 이었을까?

따뜻한 마음씨를 발휘할 수 있는 여건, 소위 사회적 자본도 바로 절대 시간의 법칙에서 유래할 것이다. 나의 지갑을 위해 굳이 시간을 내어 쓸 줄 아는 그 따뜻한 마음씨는 주 37시간의 노동과 복지사회의 텃밭에서 우러난 여유 덕택일 게다. 그게 덴마크인의 가정을 지키고 따뜻한 마음 씨를 지킬 수 있는 '결정적 원인'이다.

물론 덴마크도 유럽의 경제위기에서 벗어난 것은 아니다. 유럽에서도 최단 노동시간에 속하는 나라여서 경제위기 대응을 위해 노동시간을 늘 리자고 한다. 헬레 토르닝-슈미트 덴마크 사회민주당 당수는 경제위기 극복을 위해 세계 최단의 노동시간을 늘려야 한다고 주장한다. 얼마나?

上海饭店 RESTAURANT SHANGHAI 上海饭店 Carlsberg 上海 BUFFET
SHANGHAI
SHANGHAI
RESTAURANT SHANGHAI
Bagels Sandwich
HOUSE OF AMBER
AMBER

FREE
GOOD LUCK CHARMS

하루 12분씩 늘리자는 것이다. 하루 12분? 그게 정쟁의 쟁점 사안이다. 그들은 5시만 되면 퇴근한다. 그게 정책으로 채택되면 5시 12분에 퇴근해야 한다. 우리에겐 별문제가 아닌 것 같다. 그러나 그것도 큰 부담이었으니 정당의 당수 입에서 제기되었을 것이고, 또 공식적인 정책보다는 자발적인 참여운동으로 하자는 정도에 그치고 말았다. 공식 정강으로 채택되었을 때 불러올 후폭풍이 클 수도 있다는 말이다. 겨우 12분 때문에.

우린 언제 12분의 정치가 가능할까. 그게 우리에겐 별 소용이 없다. '법 따로 관행 따로'이기 때문이다. 우리는 모두 열심히 밤늦게까지 일만 한다. 내 몸 돌보지 않고. 왜? 가족들을 위해. 덴마크 사람은 오후 늦게까지만 일한다. 내 몸 돌보면서. 왜? 가족들을 위해. 우리 가족들은 아빠에게 생계를 요구하고, 그들 가족들은 아빠와 함께할 시간을 요구한다. 시간은 금이라는 격언은 동서고금의 격언이다. 덴마크는 바로 지나가 버리면 다시 돌아오지 않는, 시간이 금이고 돈인 줄 잘 알고 있는 듯하다. 그런데 우리에게 시간은 변기와 같다. 지나가면 다시 돌아오지 않아 소중하기보다는 하루하루 무사히 지나가면 그것으로 다행인 것이다.

"여기 덴마크 사람들은 착한 것 같지?"

"네, 무지 착한 것 같아요."

코펜하겐의 크리스티아나 근방에서 내 지갑을 도둑맞았을 때, 민서는 없었다. 혼자 다니니 범죄의 목표물이 된 것 같았다. 다음날 민서를 만났을 때 지갑을 되찾은 이야기를 해줬더니 민서도 불행 중 다행이라며 덴마크사람들 착하다고 맞장구다.

민서는 이 사람들 종교가 뭐냐고 물었다. 아마 착한 행위가 종교로부터 연유되었음 직한 느낌 때문이었을 것이다.

"음, 공식적으로는 기독교 루터교이긴 한데, 국민 대부분이 무신론자라고 해. 물론 교회에 나가긴 하는데 크리스마스 때나 뭐 이럴 때 가고 금욕주의라든가 내세주의 같은 종교적 신념이 자기들 일상 삶을 규정하는 사람들은 아니야."

"그런데도 굉장히 착하네요."

"사람들이 삶에 대한 태도가 다들 분명하지? 이 사람들은 종교 없이도 서로 돕고 사는 것이 가능하더군. 문화적으로 성숙한 거지. 마치 라오스 루앙프라방의 새벽 탁발의례를 일상생활에서 하고 있는 사람들 같아. 최고선진국인데도 그게 가능하네. 그래서 나는 덴마크인들이 불교 승려들처럼 보여. 지위에의 욕심이나 질투가 별로 없고, 자신과 현재에 충실하고, 주변 사람들과 나누는 것에 익숙하잖아.”

민서는 고개를 끄덕이며 말한다. 그러면서 주제를 살짝 돌린다.

“이곳 사람들이 우리보다 3배 잘 산다고 하는데, 그래도 잘 사는 사람들 비교해보면 물질적 풍요도는 우리가 훨씬 더 럭셔리하게 사는 것 같아요.”

사실 민서의 말은 맞는 말이었다. 크리스창 정도의 수입이라면 우리나라에서는 좋은 집에, 좋은 차에, 좋은 식당에, 좋은 옷에, 럭셔리하게 인생을 보낼 수 있다. 물론 그 반면에 하층은 우리보다 훨씬 더 ‘럭셔리’하다. 그들에겐 좋은 가정에, 좋은 자전거에, 좋은 음식에, 좋은 패션들이 있어 우리보다 훨씬 낫다.

민서는 깍쟁이 스타일이 아니었다. 먼 곳 코펜하겐까지 온 것도 뭔가 다르다 싶긴 했었는데, 예쁜 겉모습과 달리 젊은 친구에게서 내공이 느껴진다. 착한 사람의 내공. 아무것도 모르는 것이 아니라 나쁜 것 좋은 것을 구별할 줄 알고, 나쁜 것은 행하지 않고 착한 것을 행하려는 〈착한 내공녀〉. ‘착한 내공녀’라는 내 칭찬에 민서는 덧붙였다. ‘착하다’는 의미가 자기들 세대에게는 좋은 뜻만은 아니라고. 그건 모든 세대에 마찬가지다.

착하다란 말이 연상하는 의미는 대개 좋은 사람, 순수한 사람이다. 아이에게 착하다는 말은 참 잘 어울린다. 그런데 성인에게 착하다란 말은 잘 어울리지 않는다. 착한 사람이라고 하면 능력 없고 돈도 없어 보이는, 평균 이하의 능력을 가진 사람을 지칭하는 느낌이다. 여행을 다녀와 20대 젊은 학생들에게 물었다. 착한 사람하면 어떤 느낌이 드냐고. 착한 친구라고 하면 좋은 의미이긴 하지만 소개팅을 할 때 소개해줄 사람을 '착한 사람'이라고 하면 뭔가 갖추지 못하고 부족한 느낌이 든다고 한다. 이는 '나쁜 남자 신드롬'과도 연결된다. 나쁜 남자란 그야말로 나쁜데 나쁜 남자에게 매력을 느끼는 이유란 대개 자기 마음대로 하는 사람이면서도 능력자의 느낌이 든다는 것이다. 엄청난 능력을 소유했기 때문에 자기 마음대로 하는 나쁜 남자일 수 있고 그래서 나쁘다는 것은 용인된다. 나쁘다는 의미는 동시에 계급적으로 높은 자리에 있음을 내포한다. 수억 원을 호가하는 럭셔리카를 난폭하게 운전하는 느낌이랄까? 그래서 착한 남자는 나쁜 남자에 비해 매력이 떨어진다. 착하고 적당한 능력의 사람보다는 착하지 않고 놀라운 능력을 보유한 사람이 훨씬 매력적인 세상이다.

그런데 이 말이 아이들이나 신부님 스님에게 적용될 때는 많이 다르다. 착한 아이와 능력 있는 아이 중에서 사람들은 착한 아이에 훨씬 더 많은 매력을 부여한다. 어린아이에게 '너 참 능력 있다'는 말은 잘 어울리지 않는다. 물론 이것도 얼마 안 가 '능력 있는 아이'가 더 우대받을

지도 모르지만. 신부나 스님도 어린아이처럼 착한 스님이나 착한 신부
가 훨씬 잘 어울리고 매력도도 더 높다. 이제 우리 사회에서 착하다는
것과 나쁘다는 것은 완전히 분리된다. 우리 사회의 성과 속이 점점 더
분리되는 것이다. '적당한 착함과 적당한 능력'의 결합은 '놀라운 능력
과 부족한 착함'의 결합 앞에 기를 펴지 못한다. 사회학자 뒤르케임이
말했듯이 성과 속의 분리에서 종교는 탄생하고 그 힘을 얻는다. 속된 자
기소유에만 집착하는 사람이 많을수록 성의 영역은 더욱 신성시된다.
속의 세계가 타락할수록 성의 영역은 더욱 신성화된다.

　　종교의 힘이 강하다는 말은 우리 사회에서 성과 속의 분리가 그만큼
강하다는 것을 뜻한다. 종교가 강한 곳은 그만큼 속물적 타락도 눈에 보
이지 않게 크다는 것이다. 그러나 종교적인 삶이 일상생활 안에 스며들
어 결합된다면 이는 '문화적으로 착근된 종교'이다. 종교의 신성화가 약
해져 신성화된 종교가 따로 존재하지 않는다. 착한 사람과 능력 있는 사
람이 하나의 개체 속에서 실현되는 사회이다. 전인적 인간, 온전한 인간
으로 서는 사람들이다. 성과 속, 덕과 지의 일체를 추구하는 인간형이다.

착한 인간의 굴욕

첫 번째 에피소드. 새로운 동네로 이사를 갔다. 대형 평수의 아파트였는데, 주변 이웃들에게 인사도 할 겸 같은 동의 같은 라인에 사는 사람들에게 떡을 돌렸다. 같은 라인에 살면 엘리베이터를 같이 이용하는 이웃이니 그렇게 하는 것이 좋겠다고 생각했다. 몇몇 집은 사람이 없었고, 첫 번째로 들른 집은 한 젊은 부부가 살고 있었다. 띵똥. 누구세요. 새로 이사 온 위층 사람입니다. 얼굴을 확인하고는 문을 열어 주었고 떡을 주었다.

"새로 이사 와서 떡 드시라고요."

그러다 바로 나오는 말.

"요즘도 이런 거 하는 사람 있어요? …네, 아무튼 잘 먹을게요."

구시대에서 온 촌티 나는 바보가 되었다는 생각에 남은 떡은 냉장고로 직행했다.

두 번째 에피소드. 좌석 버스를 타고 일산에 가는데 일산에 거의 다 도착할 즈음이었다. 어느 정류장에서 아주머니가 기사 아저씨에게 "백병원 가요?"라고 물어보자 기사 아저씨는 "이거 타지 말고 일반 버스 타세요~"라고 대답했다. 그 정류장에서 백병원까지는 거리도 얼마 안 될 뿐더러 일반버스도 많기 때문에 굳이 비싼 돈 내고 좌석 버스를 탈 이유가 없었다. 기사 아저씨는 아주 당연한 몇 마디 배려의 대답을 해주었지만 아주머니의 대응은 사람을 기겁하게 했다. 부리나케 버스에 올라타면서 말하길,

"아저씨~ 그게 무슨 말이야 내가 좌석 버스도 못 탈것 같아? 내가 그렇게 없어 보여? 사람 무시하는 거야 뭐야!"

배려란 말이 왜 갑자기 힘을 잃고 촌티 나는 말이 되었을까. 아무런 재력도 힘도 없는 사람인 것처럼, 대도시적 예의를 벗어나는 것으로 전락해버렸을까. 왜 귀찮은 일들을 하는 사람으로 간주되었을까. 남을 배려하는 것은 귀찮은 일이다. 귀찮은 일은 어쩔 수 없을 때 하는 것이지 평소에 마음 내서 하는 것이 아니다. 배려는 귀찮은 일이 되어버렸다. 떡 돌리기, 문잡아주기, 집들이, 이 모든 것이 어느 순간 귀찮은 일이 되어버리고 말았다.

배려에 대한 냉소주의다. 배려하는 순간 나보다 더 높은 사람인 것처럼 보인다. 그게 질투로 작용하여 보기 싫은 것이다. 애써 무시하는 편이 편하다. 왜냐하면 비교의 마음이 깊숙이 내재하고 있기 때문이다. 그러나 나는 내가 소유한 것에 대한 집착이 강해 남을 배려할 생각은 없다. 동시에 타인으로부터의 배려는 타인이 나보다 우위에 있음을 과시하는 것 같아 마음에 내키지 않는다.

돼지들은 자신들의 규칙이 없다. 배부르면 된다. 나와 남이 함께 살기 위해 나 스스로에게 부여하는 통제가 규칙이다. 인간은 여기서 시작한다. 배부른 돼지와 달라지는 지점이다. 그래서 사람도 타인의 규칙에 얽매인 사람을 '가축의 돼지'라고 부른다. 자신의 규칙을 가지지 않는 사람을 '쾌락의 돼지'라고 한다. 스스로 그런 돼지가 되려는 인간도 많다. 한 번의 예외도 없이 명령대로 움직이다가 어느 시점이 되면 바로 폐기되고 마는 '욕망하는 돼지'들이다. 너 자신을 알라! 소크라테스가 천 년 전에 탐욕 하는 권력과 물질적 사치에 빠진 아테네의 젊은이에게 던진 경구이다. 돼지가 되려 애쓰지 말라는 말이다. 그런 말 때문에 소크라테스는 처형되었지만, 지금도 소크라테스는 면죄 받지 못하였다. 21세기 최첨단의 과학시대도 욕망하는 돼지로 삶을 욕망과 충동 사이에서 방황하는 '영혼 없는 인간'을 방출하고 있다. 자기를 배려하며 타인과 소통하는 세심한 인간형이 종말에 처한 시대이다. 그런 소크라테스가 현대에 살았다면 대학교수도 못되었을 것이고, 방송출연도 불가였을 것이다. 몰골도 봐줄 수 없고 가진 것도 없고 시절도 만나지 못해 거리의 철학자로 족해야 했을 것이다. 알키비아데스는 비록 권력에 눈멀고 세상의 칭송에 목매었지만 소크라테스를 존경했다. 아무것도 가진 것 없고 볼품없는 소크라테스를 때론 무시하고도 싶었지만 그 무시는 존경에서 우러나온 질투였다. 존경은 사랑으로 이어졌고 사랑은 '밀당'으로 뻗었다. 질투는 그 밀당 속에 있었다. 권력을 추구하는 사람들도 세심한 밀당으로 천박과 속물의 세계에 빠지지 말아야 한다. 그게 정치의 원래 뜻 아닌가. 정치가 부여하는 권력이란 탐욕과 사치를 제어하기 위한 것이다. 권력자는 스스로가 이 세상 어디쯤에 있는가를 자문하며 살아가야 한다. 물어볼 사람이 없다면 그는 이미 권력자라기보다는 현세에서 탐욕과 사치를 누리고 싶어 하는 쾌락의 돼지일 뿐이다.

코펜하겐에 저녁노을이 진다. 아, 코펜하겐에 오기 전 들렀던 네덜란드의 풍차가 생각난다. 기억에 아련한 건 잔세스칸스의 화려한 민속촌 풍차가 아닌, 해 질 녘 킨데르다이크의 풍차마을이다. 킨데르다이크의 풍차는 예전 민가 풍차의 모습 그대로다. 풍차마을의 맛을 제대로 느끼려면 암스테르담에서 좀 먼 곳이긴 하지만 시간이 걸려도 여길 가봐야 한다. 아마 귀족과 제사장의 문화가 건축을 장악해서인지 평민의 삶을 보여주는 건축은 별로 없었는데, 킨데르다이크의 풍차마을은 16세기 농촌의 모습을 잘 보여주었다. 평민의 삶이 그렇게 평화로울 수 있다는 것이 정말 매력적이다. 길게 뻗은 길 그 사이사이 풍차들의 호젓한 모습들에 몸과 마음이 평안해진다. 태양도 아스라이 빛을 남기며 넘어가는 이른 저녁의 평화로움에 경배한다.

해고는 고통이다. 영어로 해고는 fire다. 해고란 불이고, 총이다. 불이나 총에 맞으면 치명상이다. 그래서 해고는 곧 죽음의 공포와 이어진다. 해고를 당한 인간은 스스로 설 여력이 없다. 그래서 자본주의사회에서 해고란 반인간적이다. 해고의 위협 때문에 고용주에게 고분고분해야 한다. 덕분에 큰 힘 들이지 않아도 고용주의 권위는 확고부동해진다.

근대 시민혁명이 얻어낸 자유란 무엇일까. 그것은 자결권이다. 내가 스스로 결정할 수 있는 권리를 얻는 일. 근대의 자유롭고 이성적인 인간의 탄생이다. 그러나 해고 때문에 나는 스스로 결정할 수 있는 권리를 반납한다. 해고를 당하지 않기 위해, 아니 해고의 위협 때문에 스스로 알아서 회식 후 상사의 대리기사를 자처한다. 비합리적 지시여도 특별한 토씨를 달지 않고 알아서 충성한다. 해고의 위협이 우리 스스로를 과잉 통제하여 상사의 리듬에 나를 맞춘다. 일이 나와 좀 맞지 않더라도 하다 보면 어느 정도 금전적 보상도 있다. 참는 게 장땡이다. 가족을 위해서, 나의 말년을 위해 어쩔 수 없다. 어쩔 수 없다고도 생각하지 않으려 한다. 어쩔 수 없다고 생각하면 더 힘들 뿐이니까 스스로 긍정하고 현실에 복종한다.

그래서 직업권이 중요하다. 국가가 직업을 제공해 줘야 하는 의무는 실업자의 생계적 삶뿐만 아니라 그들의 자결권을 위해서도 아주 중요하다. 이직의 권리 즉, 자기가 원하는 직업을 가질 권리는 인간의 개별성과 독창성을 보장하는 민주주의의 인프라다. 인간의 목표는 개인의 자발성이다. 무엇을 하느냐도 중요하지만 어떻게 하느냐도 중요하다. 자신의 방법으로 하는 것이 중요한 것이다. 인간 본성은 내면적 힘의 성향에 따라 모든 방향으로 발달하고 성장하는 나무와 같은 존재이다. 우리의 이해력이 우리 자신의 것인 것처럼 우리의 욕구와 충동도 우리 자신의 것이어야 한다. 인간의 아름다움과 가치는 개별성을 계발함으로써 생겨난다. 물론 타인의 권리를 침범하는 개별성의 발달은 억제되어야 하나, 단순히 불쾌감을 준다는 이유로 타인의 선에 영향을 미치지 않는 것을 억제시키는 것은 부당하다. 동성애가 그러하다. 각자 인간 본성을 공정히 다루기 위해서 다양한 사람들이 다양한 삶을 영위하도록 허용하는 것이 필수적이다. 생활양식에 있어 그에 상응하는 다양성이 없다면 인간들은 정당한 몫의 행복을 차지하지도 못하고, 그들의 본성상 할 수 있는 최대한의 정신적, 도덕적, 미적 수준까지 성장할 수 없다.

우리네 인생의 반은 일터에서, 반은 여가로 보낸다. 그런데 자유는 여가에서만 찾으라고 한다. 그렇다면 일터에서의 자유란 무엇일까. 일할 권리, 즉 일로부터 자신의 행복을 얻는 권리다. 그런 권리를 얻을 수 있다는 희망이 우리에겐 애초부터 없는 것일까? 일을 통해 스스로의 개별성을 고양하고 계발할 수 없다면 진정 자유로운 삶이라 할 수 없다. 자유란 정치·경제적 공포로부터 벗어나는 것이다. 해고는 곧 공포라는 등식이 성립하는 사회라면 아직 절대정치의 공포는 박멸되지 않았다. 자유 쟁취 시즌원이 끝났을 뿐 시즌투가 다시 시작되어야 하는 사회이다. 시즌투에는 덴마크의 황금삼각형이 주인공으로, 그게 어렵다면 비중 있는 조연으로라도 등장할 수 있다면 어떨까.

행운을 관리하기

젠크스와 그의 동료들은 1972년에 나온 유명한 〈불평등inequality〉
이란 책에서 통상적으로 불평등의 근저에 놓여 있다고 인식되어 온 요
인들이 실제로는 불평등과 통계적으로 유의미한 상관관계를 갖고 있지
않다고 주장했다. 한 사람의 가족관계, 지능(IQ 같은 표준적인 측정 방
식에 의한), 교육적 성취 수준을 알고 심지어는 직업을 안다고 하더라도
그 사람의 소득수준을 예측하는 데 놀라울 정도로 거의 도움이 되지 않
는다는 것이다. 이 책은 그 이후 사회학계에 심대한 영향을 미쳤다. 그
러나 문제는 그다음이었다. 그럼 어쩌란 말인가. '도대체 무엇이 소득
에서 나타나는 엄청난 격차의 근저에 놓여 있는가' 이다. 그들은 한 가
지 중요한 요소로 '행운' 을 추정하며 다음과 같이 주장하였다.

"행운이란 당신이 어떤 특정한 일을 하도록 견인하는 우연히 알게 된
지인들(acquaintance), 당신이 일자리를 찾는 특정 지역공동체에서 취
업 가능한 일자리들의 범위, 당신이 일하는 특정한 직장에서 요구하는
시간외근무분량 – 왜냐하면 시간외 근무 시간의 정도에 따라 추가수당
이 발생하므로 소득에 영향을 미치는 요인이 될 수 있다는 지적이다 –
나쁜 날씨가 당신의 딸기농사를 망쳐버렸는지의 여부, 새로운 고속도로
가 생기면서 당신의 식당 근처에 진출로가 생겼는지의 여부 및 수많은

다른 여러 가지 예측할 수 없는 사건과 사고 등이다. 일반적으로 우리는 행운이 성공한 사람들이 인정하는 것보다 소득에 훨씬 더 큰 영향을 미친다고 생각한다.”

이러한 언급은 사실상 그들의 연구 분석의 일부분이라기보다는 사후적인 생각이었다. ‘행운’을 체계적인 연구대상으로 할 수 있는 가능성을 포기한 것이다. 이와는 반대로 사회학계의 거물인 그라노베터 교수는 그의 〈일자리 얻기getting a job〉연구에서 일자리 얻기의 성공이란 보통 ‘행운’으로 고려되어온 요소인 ‘적기적소에서 적절한 접촉을 할 수 있는 것(having the right contact in the right place at the right time)’ 임을 분명히 밝히고 있다. 인적접촉(personal contacts)의 빈도가 불평등과 그 연관성이 가장 크다는 것이다. 사실 젠크스 연구에서도 서로 다른 직업들 간의 차이만큼이나 같은 직업 내에서도 소득에 커다란 불평등이 있다는 사실을 발견했지만 인적접촉의 변수를 분석하지는 못했다. 그라노베터는 소득이 높을수록 인적접촉이 사용되었을 가능성이 높고 이로써 행운의 작동을 불평등의 사회적 맥락 속으로 끌어들였다. 귀인을 만나면 액운이 멸하고 부귀를 누린다는 주역의 논법을 서구의 학자가 논증한 것이다.

그렇다면 누가 더 인적접촉이 많을까. 학력이 높은 사람은 그만큼 많은 사람을 만날 수 있을 것이다. 학력이 높기 때문에 소득이 높은 것이 아니라, 학력 때문에 인적접촉의 기회가 더 많아져 좋은 직업과 소득을 얻는 것이다. 더군다나 특정한 고소득의 직업은 특별한 학력이 없으면 아예 진입조차 불가능하다. 진입을 못하면 인적접촉 자체가 불가능하다. 이미 미국의 '스마트한 친구들'은 그걸 알고 있다. '왜 아이비리그에 가려고 하십니까?' 라고 물으면 공부를 위해, 훌륭한 교수의 지식을 습득하기 위해 간다는 학생은 많지 않다. 늘 1위에 오르는 답변은 '좋은 네트워크를 쌓기 위해서'이다. 친구와 선배와 교수들을 '만나러' 간다는 것이다. 이미 그들은 대학의 '효용'을 잘 알고 있었다. 공부란 공부 그 자체가 아니라 나와 같은 그룹을 찾기 위한 행위라는 것을. 사실 많은 사람이 대학에서 배운 지식을 실생활에서 별로 써먹을 수 없다고 한다. 어느 정도 맞는 말이다. 사실 실생활에서 써먹히는 것 그 자체는 별로 중요하지 않기 때문이다. 오히려 별로 써먹을 수 없는 지식일수록 끼리끼리만 아는 것이고 그러니 특정 네트워크를 연결하기에 그런 '어려운 공부'가 훨씬 유리해진다.

이제 사회적 지위를 얻는 방법을 대략 알았다. '사회'가 필요로 하는 전문지식을 쌓고 대인관계의 폭과 깊이를 늘리면서 행운이 나에게 오는 확률을 높이면 된다. 그렇다면 이제 사람들은 사회적 지위를 얻기 위해 사람들을 만나려 할 것이다. 좋은 사람들을 많이 만나기 위해 좋은 배경, 좋은 학벌이 필요하고 그것을 얻기 위해 노력한다.

NOVA
ITALIAN FUSION
SALE

www.italiano.dk
www.italiano.dk
RISTORANT
ITALIANO
PIZZERIA

그런데 이제 질문을 다시 "행복은 어디서 올까"로 던져보자. 많은 연구가 행복은 어느 정도의 수입이 보장되면 그다음부터는 돈보다는 사회적 연결망 같은 사교 관계에서 온다고 말한다. 그런데 만약 일정 정도의 수입을 국가가 기본적으로 보장해준다면 어떻게 될까. 행복은 돈보다 사교에서 더 올 수밖에 없다. 일과 수입의 상호의존성이 적으니 그만큼 즐겁게 선택할 수 있는 일의 종류도 늘어난다. 직업 선택시 가장 중요한 점도 수입의 정도가 아니라 일 자체와 동료가 된다. 일이 좋고 동료와 상사들이 좋으면 월급이 조금 쳐져도 문제 될 게 없다. 먹고 살 걱정은 국가에서 보장해주니 동료들로부터 행복을 느끼는 것이 중요하다. 그런데 사교성과 대인관계가 좋아지면 어찌 될까. 앞서 연구에서 봤듯이, 인적접촉이 늘어난다. 인적접촉이 늘어나면 일에서 행운을 잡을 확률이 늘어난다. '접촉빈도의 증대'라는 사회적 생태계가 잘 작동하면 그 사회는 각 개별 개인이 행운을 잡을 확률이 높아져 일에서의 성과가 좋아지고 그래서 개인의 사회적 지위도 올라갈 가능성이 높아지는 것이다. 사회 전체적으로 개별 사람들의 지위가 높아져 결국 모든 사람의 지위가 높아진다. 덴마크는 일하는 시간과 일 중독자 비율이 우리보다도 현저히 낮은데 우리나라보다 생산성도 국민소득도 삶의 질도 모두 높은 이유가 바로 여기에 있다. 행복과 행운이 서로 상승작용을 하는 것이다. 그것이 경쟁력의 생태계를 만드는 핵심이다.

지금에 와서 다시 생각해봐도 두 덴마크국민 히게네와 쫭이 나눈 대화는 참 놀라웠다. 두 사람은 만난 지 몇 시간 후에 기차 안에서 이력서를 주고받았다. 명함도 아닌 이력서를 말이다. 실업자 쫭은 일자리를 찾고 있다고 말했고, 히게네는 자기가 아는 사람에게 수소문해보겠다고 이력서를 달라고 했다. 이력서를 달라고 하는 히게네나 이력서를 아무 거리낌 없이 주는 쫭에게서 덴마크인들 간에 깔려있는 신뢰의 밀도를 봤다. 그들은 언제든 기차에서처럼 또다시 만날 수 있는 '우연한 행운'의 사람들이니까.

착한 내공녀의 철

민서는 덴마크에서 젊은 시절의 경험을 얻었겠지만, 다시 한국으로 돌아가 '고위험 고불안' 사회에서 고생할 시간은 경험이라 생각하지 않는 것 같다. 덴마크에서의 고생은 여행이고, 한국에서의 고생은 현실이기 때문에 '기꺼이 할 것'과 '꺼려 할 것'을 잘 구별해서 그럴 것이다. 그런데 덴마크 사람들은 혹시 자기들의 삶을 '현실보다는 여행'이라고 생각하는 것은 아닐까. 해고, 실직, 이직부터 결혼, 이혼 그리고 심지어 죽음까지 삶의 거대한 변화와 난관들에 그들은 그리 크게 동요하지 않는 것 같다. 우리보다 확실히 더 담담하다. 그 이유는 아마도 현실을 여행으로 생각할 수 있는 여유가 있기 때문일 것이다. 우리가 현실을 그렇게 여행처럼 생각하는 감상에 젖으면 '한가한 소리 하고 자빠졌네' 란 소리를 들어 마땅하겠지만.

　민서의 요즘 걱정은 자기 취업도 문제지만, 오히려 부모님이란다. 자식 취직 걱정, 결혼 걱정에 건강까지 나빠져 큰 병이라도 걸리시지 않을까 걱정이다. 자기도 열심히 운동하며 몸 관리 하겠다고 다짐한다. 공주 같은 줄 알았더니 '착한 내공녀' 에 '철' 까지 든, 속 깊은 청년이었다.

　유레일 쿠셋기차칸에서 처음 봤던 민서가 자기 이름을 기억하게 했던 그 방법으로, 나도 헤어지며 이 말을 남겼다.
　" '아, 좋다 좋아!' 거꾸로 해봐."
　잠시 썰렁한 정적이 흘렀다.
　여대생에겐 무조건 말조심해야 하는 데, 또 잊었다. 그래도 이번엔 피식 웃는다. 그러면서
　"맞아요, 코펜하겐 정말 좋은데요!. 코펜하겐 정말 잘 왔어요. 아, 좋다 좋아!"
　민서가 처음이자 마지막으로 보낸 환한 표정의 맞장구다.
　민서는 이제 정말 코펜하겐을 좋아한다.
　아마 백만장자는 포기한 듯하다.

그 대신 더 많은 사람이 '행운'을 잡을 수 있는 촘촘한 세상에 기여하
겠단다.

공주도 포기한 듯하다.

아, 청춘! 그 이름이 아깝지 않다.

Refshaleøen
COPENHAGEN
YACHTGARAGE.DK

출구, 게이트웨이에서

행복이란 무엇일까. 어떤 사람은 눈에 보이고 누구나 알 수 있는 어떤 것들, 가령 즐거움이나 부나 명예라고 말하고, 다른 사람은 제각각 다른 것을 이야기한다. 심지어는 같은 사람이 상황에 따라 전혀 다르게 행복을 다시 정의하는 경우도 있다. 병들었을 때는 건강을, 가난할 때는 부(富)를 행복이라고 하니까. 또 자신들의 무지를 의식할 때에는 어떤 위대한 것을 말하는 사람들에 경탄하기도 한다.

덴마크를 우리와 비교하면 비교의 원리가 그렇듯이 늘 우리와의 차이, 특히 좋은 점만 보인다. '우리가 처한 처지' 때문에 덴마크가 더 멋져 보이는 것이다. 남이 나보다 좋은 옷을 입으면 그 옷이 더 두드러져 보이고 내 옷이 더 초라해 보이듯이. 인간은 사회적 동물이어서 본능적으로 비교에 능하다. 그렇지만 비교할 때, 어떤 사람은 다른 사람의 탁월함에 시기와 질투를 하고, 어떤 사람은 그 속에서 흉을 찾아내어 그것으로 위로받으며, 어떤 사람은 그 탁월함을 배워 자신의 것으로 만들려 애쓴다. 무엇이 우리 사회를 위해 더 좋은지는 명확하다. 덴마크도 흉을 잡자면 잡을 것이 꽤 있다. 유럽에서 가장 강력한 반이민정책과 가장 높은 이혼율 등이 그것이다. 이런 것을 좋게 볼 수는 없지 않겠는가. 그러나 완벽한 사회란 없다. 우리가 딛고 사는 사회를 위해 이해와 배움의 자세가 중요할 뿐이다. 그것이 '허망한 유토피아의 길' 보다 '내실 있는 군자의 길' 아니겠는가.

NYHAVN 17